보지제일주의

보신제일주의 2

김용진 新무협 판타지 소설

초판 1쇄 찍은 날 § 2016년 3월 22일
초판 1쇄 펴낸 날 § 2016년 3월 29일

지은이 § 김용진
펴낸이 § 서경석

편집책임 § 한준만
디자인 § 신현아

펴낸곳 § 도서출판 청어람
등록번호 § 제387-1999-000006호
등록일자 § 1999. 5. 31
어람번호 § 제2-2646호

주소 § 경기도 부천시 원미구 부일로 483번길 40 서경B/D 3F (우) 14640
전화 § 032-656-4452 팩스 § 032-656-4453
http://www.chungeoram.com
E-mail § chungeorambook@daum.net

ⓒ 김용진, 2016

ISBN 979-11-04-90697-8 04810
ISBN 979-11-04-90695-4 (세트)

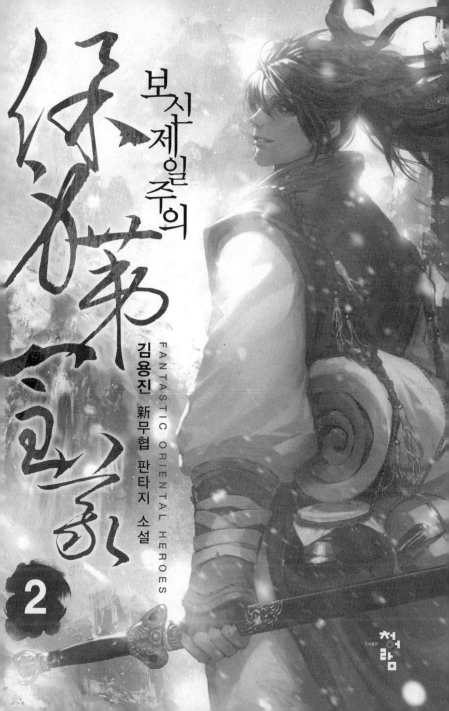

保衛第一高手

보지제일줌의

一. 천심단

두통을 불러일으킬 정도로 짙은 약 향에 눈이 떠졌다. 하지
만 눈이 떠진 것뿐 정신이 온전한 상태는 아니었다.

전신에서 피어오르는 몽롱함과 신체가 존재하지 않는 것
같은 기묘한 부유감이 정신이 깨어나는 것을 방해하고 있었
다.

눈에 맺히는 것도 초점이 잡히지 않는 흐릿한 상 정도였으
며 귀에 들리는 것은 벌레 수백 마리가 동시에 날갯짓하는 것
같은 잡음이 껴 있다.

'아, 많이 다쳤나?'

멀쩡하지 않은 정신 상태임에도 몸에 대한 걱정이 앞섰다.

반사적인 상념이다.

몸 상태를 확인하고 싶지만 고개가 들리지 않아 눈으로 확인할 수가 없었다. 그렇다고 팔다리가 움직일 수 있는 것도 아니었기에 단전의 기를 끌어올려 전신으로 보내 상태를 살폈다.

'그때 그냥 아래에 있었어야 했나.'

의념에 반응한 얼마 안 되는 기를 전신으로 흘려보내며 떠오른 상념에 후회가 몰려왔다.

아직 몸 상태를 완전히 파악한 건 아니지만 정신을 잃을 정도의 충격과 전신에서 느껴지는 탈력감에 결코 가볍지만은 않은 상태라는 건 쉽게 짐작할 수 있었다.

사람의 목숨, 그것도 사부인 무양자와 인연이 있는 사람의 목숨이 걸려 있던 일이다. 후회는 하지만 그런 상황에서 가만있을 수도 없었다. 그렇지만 당초의 좌우명이던 '다치지 않는한 협객'에서 너무 나아간 것도 사실이다.

'솔직히 들떴지.'

단사천 스스로도 알고 있다. 자신이 또래에 비하면 상당히 강하다는 것 정도는. 어쩌면 단순히 또래 내에서 비교하는 것이 아니라 보다 윗줄의 고수들과 비교해도 괜찮을 수준이라는 것도 안다.

딱히 자만을 하고 있던 건 아니라고 변명할 수도 있었다. 제 몸 하나 챙기기에는 충분하다던 무양자의 보증도 있었고 천하대전의 참가자들을 보며 자신의 수준에 대한 대략적인 짐작도 할 수 있었다.

그렇게 내린 결론은 자신이 강자의 축에 든다는 것이다.

거기서 문제가 시작되었다. 차라리 개봉에서 처음 만난 마인들과의 싸움에서 어느 정도 피를 봤다면 더 조심했을지도 몰랐다. 객잔에서 당한 독에 의한 기습에서도 아무렇지도 않았기에 점차 안전 의식이 무뎌졌다.

처음 사부와 대화할 때 시비가 생긴다면 '도망친다'라고 말했다. 필요하다면 '돈을 줘서라도 도망친다'라고도 했다.

하지만 정작 실제 상황에서는 그 말 그대로 움직이지 않았다. 개봉에서는 그나마 싸움을 회피하려는 노력이라도 했지만 태산에서나 의선문에서는 제 발로 위험 지역에 들어갔다.

산에서 내려온 지 얼마나 되었다고 초심을 잃어도 너무 많이 잃어버렸다.

'강해지려고 무공을 배운 게 아니야. 잊지 말자.'

무공은 어디까지나 호신술이었다. 원하는 것은 천하제일이니 고금제일이니 하는 별 의미도 없는 폭력의 증명 따위가 아니라 만일의 상황에서도 몸을 간수할 수 있는 정도의 무공이었다.

'경신법이나 더 배워놓을걸.'

마지막으로 떠오른 그 후회를 끝으로 생각을 정리하고 몸 상태를 확인하기 시작했다.

혈맥을 따라 도는 기는 의외로 순항했다.

크게 막힌 곳도 없고 전신 어느 한 곳 기맥이 끊긴 곳도 없었다. 그저 약간의 노폐물이 쌓여 있는 정도. 하지만 그렇게 신체 내부의 기를 확인하고 단전에 내공을 갈무리할 때 문제를 확인한다.

'내공이 줄었다?'

넘쳐나던 내공이다. 무수한 약재에 담긴 기운을 흡수하며 쌓은 내공은 무양자의 것과 비교해도 오히려 단사천의 내공이 더욱 우수했다. 단순히 크기뿐만이 아니라 밀도와 순도 등 모든 면에서 말이다.

단사천이 쌓은 내공은 영약의 힘으로 시간과 노력을 뛰어넘은 결과물이었다.

그런데 그것이 전에 비해 비참할 정도로 작아져 있었다.

그 이유를 알기 위해 단전에 모인 내공을 통해 전신을 다시 한 번 관조했다. 방금 전과 같은 내, 외상의 유무가 아니라 신체에 대한 온전한 탐색이었다.

기가 전신을 몇 바퀴나 돌고 나자 단사천은 깨달을 수 있었다. 아홉 개의 거대한 기의 응집체가 신체 곳곳에 자리 잡았다는 것을 말이다.

다만 그 이상의 생각은 이어갈 수는 없었다. 갑작스럽게 몸에서 느껴지는 이물감 때문이다.

피부를 뚫고 혈 자리를 찌르는 차가운 금속의 느낌 때문이었다.

'침?'

침으로 생각되는 그것들은 빠르게 전신 곳곳에 파고들어 이물감과 금속 특유의 차가움을 선사했다.

사정을 제대로 알 수는 없지만 아마도 치료 중이리라. 그렇게 생각을 마친 단사천은 움직이던 내공을 단전에 갈무리하고 침의 움직임을 주시했다.

'기가 들어온다.'

몇몇 침에서부터 스며들어 오는 기는 부드럽게 혈맥을 타고 흐르며 마치 관찰하듯 전신을 훑었다. 단사천이 방금까지 하던 것과 비슷한 형태이다.

그리고 그 기운들도 단사천이 찾은 아홉 개의 거대한 기의 응집체를 발견하곤 멈추었다. 기에서부터 느껴지는 상대의 당황에 묘한 동질감을 느끼며 다음 움직임에 정신을 집중했다.

그 기는 기의 응집체들을 자극하지 않으려는 듯 주변을 조용히 맴돌며 아주 조금씩 반응을 관찰하다가 외부의 자극에 반응이 거의 없는 것을 확인하고는 다시 침을 통해 사라졌다.

일단 침을 통해 들어온 기는 사라졌고 침도 곧 뽑혔지만, 그래도 한동안은 내기를 움직일 수 없었다. 뜸과 안마가 지속적으로 이루어진 탓이다.

치료 도중 제멋대로 움직여 봐야 좋은 꼴은 볼 리가 없고, 중원 최고의 의술을 지닌 자들의 실력을 믿었기에 전신으로 조금씩 퍼져가는 열기를 받아들일 뿐이었다.

그 믿음은 곧 결과로 나타났다.

전신에 퍼진 열기는 전신에 가득하던 몽롱함과 기묘한 부유감을 조금씩 지워냈고, 날카롭게 벼려진 감각이 되살아났다. 눈에 힘이 돌아오고 귓가에 들리던 이명도 옅어져 갔다.

"정신이 돌아온 모양이군."

눈을 제대로 뜨고 사물을 분간할 수 있게 되자 가장 먼저 보인 것은 신선 같은 풍모의 노인이었다.

"가, 감사합……."

감사를 전하려 했지만 입과 혀가 제대로 움직이지 않았다. 약 탓인지 아니면 부상 탓인지 알 수는 없었지만 아직 완전히 통제가 되지 않았다.

"가만히 있게. 어디 다친 곳은 없는 것 같지만 본 적 없는 상황이라 아직 모르는 것투성이니."

움직이려는 단사천을 제지하면서 노인은 치료를 이어갔다.

빠르지만 정확한 손놀림으로 굳어 있는 근육을 풀고 그 내부에 엉킨 혈맥을 풀어낸다. 그야말로 달인이라고 불러도 좋은 의술의 대가였다.

"그대로 누워서 듣게. 먼저 감사의 인사를 전해야겠군. 귀하가 본 문에 베풀어준 은의(恩義)에 정말로 감사하네."

고개를 숙이는 노인에 당황해 반사적으로 고개를 들려 했지만, 허리춤을 주무르던 손길에 내공이 실리는 것과 함께 갑작스레 머리가 올라가던 것을 멈추고 내려왔다.

"이 은혜는 잊지 않겠네. 그리고 이쪽의 이야기네만, 자네의 상황에 대해 말해야겠군."

가라앉은 목소리에 단사천은 반사적으로 긴장했다. 무슨 큰일인 건가 싶었다. 언제나 하던 정기적인 건강 검진과는 비교도 안 되는 긴장감이 심장을 쥐어짜는 듯했다.

"일단 크게 이상이 있는 곳은 없네."

긴장이 풀릴 뻔했지만 일단이라는 그 말이 걸렸다. 노인의 기척과 안색도 약간 가라앉은 그 상태 그대로였다. 아직 끝이 아니었다.

"내, 외상은 모두 치료했고 근육이 약간 끊어지고 혈맥과 단전이 상태가 좋지 못한 것은 이미 손을 썼네만… 아직 완전히 자네의 상태가 파악된 게 아니라 더 이상 손을 쓸 수가 없었다네. 그리고 무엇보다……"

그 뒤에 나올 말은 바로 짐작할 수 있었다. 그 아홉 개의 정체불명의 기운에 대한 것일 터였다.

"나도 처음에는 믿지 못했네. 하지만 방금 확인해 보니 확실하더군. 자네 몸속에는 영기가 뭉쳐 있네."

이어지는 설명은 길었지만 모두가 가정이었다. 확실한 것은 없었다.

어째서 영기가 몸속에 모여들었는지도 알 수 없었고 어떻게 인간의 몸으로 그만큼의 영기를 받아들이고도 멀쩡했는지도 알 수 없었다.

그저 확실한 것은, 어떠한 것들을 중심으로 영기가 전신에 뭉쳐 굳었다는 것 정도.

영물들이 만드는 내단과도 비슷하다면 비슷하지만 내단과는 달리 기의 운용에 간섭하는 것도 아니고, 무언가 신비한 일을 일으키는 것도 아니며, 그저 완전히 굳어 혈 자리를 차지하고 내공심법의 운용에 방해가 될 뿐이었다.

단지 주변의 어떤 자극에도 반응하지 않으며 굳어 있을 뿐.

"아마 그 안에서 매개체가 된 것은 자네의 몸속에 있던 약재의 기운과 자네의 내공이겠지. 그 덕분에 몸은 멀쩡하지만 내공의 태반이 사라졌다, 그렇게 보고 있네."

고개를 떨어뜨린 노인의 말에 침음이 섞여 있다.

당연한 반응이었다. 내공이란 무공의 근간이며 거의 모든 것이다. 무림인을 일반인과 구별하는 경계이자 경지를 나누는 근거였다.

목숨보다도 내공을 중요시 여기는 무인이 있을 정도이고, 이렇게 내공의 태반을 잃어버린 무인 중 재기에 성공한 자는 수십 년간 수천의 환자를 다뤄온 노인도 본 적이 없었다.

사정이 이러하니 그의 탓이 아니라 해도 은인에게 해줄 수 있는 일이 없다는 것에 죄책감을 느끼는 것도 이상한 일은 아니었다.

다만 돌아온 반응은 노인의 예상을 벗어났다.

"그거… 다행이네요."

옅은 웃음기가 묻어나오는 그 답에 노인이 놀란 눈으로 고개를 들었다.

단사천은 진심으로 웃고 있었다.

천하 유수의 무인과 비교해도 손색없던, 아니, 그 이상일지도 모르는 내공의 대부분을 잃고도 웃는다.

앞으로 내공을 쌓는 것에도 장애가 있을 것이라는 말을 듣고도 단사천은 웃었고, 노인은 의문을 얼굴에 그대로 드러냈다.

'무공을 익혔던 보람이 있어! 무공을 익히고 처음으로… 아니지. 그 전에도 몇 번 무공을 익히길 잘했다고 생각했었지.'

정작 단사천은 그런 노인의 반응과는 상관없이 한껏 풀어진 기분을 맛보고 있었다.

물론 이번 일의 근간은 무공을 배웠다는 것에 있기는 했지만, 어쨌든 그간 충실히 쌓은 내공을 소비한 덕분에 목숨은 물론이고 몸도 많이 다치지 않았다는 것 아닌가?

단사천은 그간 먹어온 모든 약재와 식재는 물론이고 그에게 무공을 강권한 사부 무양자와 부모에게 다시 한 번 마음속으로 감사를 표했다.

그걸 옆에서 지켜보는 노인이 정신적인 문제가 생긴 것은 아닌가 하고 진지하게 고민하고 있는 것은 모른 채 말이다.

"흠, 다만 내공을 되찾을 방법이 아예 없는 것은 아니네. 조금 위험하지만 그대로 놔두는 것보다는 나을 게야."

헛기침으로 그런 스스로의 눈빛을 정리해 낸 노인이 말했다.

단사천과 같은 상황에 처한 정상적인 무인이라면 당장에라도 광분해 달려들 내용이었지만 단사천은 그다지 내키지 않는 얼굴로 반문했다.

"위험한가요? 그렇다면 괜찮습니다."

그런 단사천을 보며 무인이라기보다는 보신에 온 정신을 집

중하는 전형적인 무능한 관리를 떠올린 노인이었지만 그래서
차라리 더 편했다.

이런 사람을 설득하는 것은 요즈음 들어 상당히 겪었기에
답도 빨리 내릴 수 있었다.

"음, 그렇군. 하지만 그렇게 바로 결정을 내리지 말고 이야기
를 들어보게나. 대충 예를 들어보자면 이런 걸세."

큰 사고를 당했지만 간신히, 또는 운이 좋게도 큰 상처를
입지 않았다.

하지만 후유증에 대해서는 확언을 할 수 없는 상태. 어쩌면
아무렇지도 않을 수도 있고 어쩌면 어느 정도 시간이 지난 후
심각한 후유증으로 나타날 수도 있었다.

거기서 의선 서문이 제시한 방법은 두 가지였다.

"첫 번째는 어느 정도 위험을 감수하고 후유증과 몸의 이상
을 없애는 방법. 뭐, 최악이라고 해도 걱정하는 것처럼 목숨에
위험은 없을 걸세. 단지 그 경우 내공은 모두 포기해야 하고
무공을 익히지 않은 사람보다도 몸이 약해지는 것 정도는 감
수해야겠지만."

그 말을 듣고 고민을 시작한 단사천을 배려하듯 노인은 얼
마간의 시간을 두고 다시 말을 이었다.

"두 번째는 언제 어떻게 터질지 모르는 화탄을 품은 채로
괜찮을 거라고 자위하며 살아가는 방법. 사실 이미 자네 몸

안에 있는 기운들은 더 움직일 수 없을 정도로 굳어 있네. 그뿐이라면 대혈의 기의 흐름이 약해지는 정도가 전부겠지만 자네도 느끼다시피 막대한 기운이 뭉쳐 있지. 만약에라도 그것들이 풀려나오면 자네 몸으로 버틸 수 있다는 보장이 없네."

두 번째 방법은 어리석어 보였다. 언제 죽을지도 모르는 공포를 품고 그저 하늘에 모든 걸 맡겨야 하는 것이다.

하지만 첫 번째 방법 역시 썩 마음에 드는 것은 아니었다.

천하제일의가(天下第一醫家)라는 수식어를 당당히 내걸고 있는 의선문조차 단사천의 몸 상태를 완전히 파악하지 못했다. 그런 상황에서 함부로 움직였다가 오히려 상황이 급격히 나빠진다는 가능성도 배제할 수 없었다.

목숨에 지장은 없을 거라는 노인의 보장이 있었지만 만에 하나라는 가능성은 분명 존재했다.

어쨌든 양쪽 모두 위험을 감수하지 않으면 안 된다는 점이 마음에 들지 않기는 했지만 이해는 할 수 있었다.

"그 두 가지가 전부입니까?"

"세 번째 방법이 있다면 내가 알고 싶군. 내가 아는 한도 내에서는 하거나 하지 않거나 양자택일밖에 없네."

그렇게 말을 마친 노인은 잠시 손을 멈추고 단사천의 대답을 기다렸다. 사실 그렇게 말을 하기는 했지만 어떤 답을 내릴지는 듣지 않아도 알 수 있었다.

이런 경우, 즉 보신에 우선순위를 두는 자들은 통제 불가능한 미래에 대한 두려움을 가진다. 그렇다면 답은 하나였다.

"그래서, 그 후유증을 없애는 방법이란 건 어떤 건가요?"

예상대로의 답에 노인은 슬며시 웃으며 말을 이었다.

*　　　*　　　*

끝을 모르고 펼쳐진 담장과 방문하는 사람을 압도하는 웅장한 필체의 현판이 눈에 들어온다.

수도인 북경에서도 비교할 대상을 찾을 수 없는 거대한 저택이지만 중요한 것은 그것이 아니라 그 뒤에 있는 것이었다.

천문단가.

현판에 쓰인 그 천문단가라는 이름이야말로 이 거대한 저택을 유지하는 근원이자 그 앞을 지나는 모든 사람의 고개를 숙이게 만드는 힘의 원천이었다.

"뭐, 쓰러져? 다쳐? 알 수 없는 내상?"

현 내각대학사인 단리명은 냉정, 침착한 성격과 효율과 합리에 근간을 두고 나랏일을 이끌어가는 문인이라는 평을 듣는 남자이다.

나이를 먹고 가정을 꾸리며 점차 유순해졌다지만, 그럼에도 속에 있는 강단과 냉정한 성정이 완전히 사라진 것은 아니었다. 그렇지만 이날 단리명은 냉정이나 침착 같은 것들과는 거리가 멀었다.

"무림인들 손에 그 아이를 맡기는 게 아니었다. 당장 돌아오라고 해!"

언제나 무슨 일이든 그 전후 관계를 파악하는 것을 우선으로 하며, 문제가 생기면 원인을 파악하고 해결책을 찾으며 사람의 말을 결코 중간에 끊는 법이 없던 단리명이었지만… 유일한 자식인 단사천이 관계되면 사람이 달라졌다.

"도련님께서는 천하제일의 의가라는 의선문에 있는 데다 어의께서 상황을 보러 가셨으니 조금만 진정하시고……."

"진정? 지금 진정하게 생겼나?!"

당장에라도 달려 나갈 것만 같은 단리명을 하인과 호위들이 달라붙어 간신히 억눌렀다.

평생 검 한번 잡아본 적 없는 문인이지만 내공만큼은 어지간한 절정고수보다도 강했기에 마흔을 넘은 장년인을 상대로 젊은이 서넛이 사지를 붙잡는 것으로 겨우 막아낼 수 있었다.

"여보."

그럼에도 조금씩 움직여 문을 여는 것까지 성공한 단리명이었지만, 문밖에 서 있는 그의 아내 허씨의 나지막한 한마디에 멈춰 서고 말았다.

"대명제국의 대학사씩이나 되시는 분이 평소의 그 모습은 어디로 가고 이리 경거망동하십니까?"

"하, 하지만 부인……."

단리명이 내각대학사라는 자리에 올라 황제의 측근으로서 지금의 자리에 오를 수 있던 것은 스스로의 실력과 천재적인 학문 성취도 있었지만 아내인 허씨의 내조가 큰 바탕이 되었다.

단가의 사대독자인 단리명은 그것만으로도 주변의 관심과 애정을 독차지했는데, 집안의 권세와 독자라는 상황, 거기에 천재라는 주변의 평판이 더해진 탓에 주변에서는 그를 상대할 사람이 없었고, 결국 상당히 제멋대로 자라났다.

그런 단리명의 버릇과 행실을 고친 것이 허씨였다.

어린 나이에 결혼해 단가에 온 허씨는 온갖 방법으로 단리명을 휘어잡았다. 그 때문에 시간이 지나도 단리명은 아내인 허씨에게 결코 강하게 나갈 수 없었다.

"당신께서는 해야 할 일들이 있으시니 북경에 계셔야 합니다. 그렇다고 다쳤다는 아이를 불러올 수도 없는 노릇이고, 그러니 제가 가겠습니다."

별다른 표정이 없음에도 강렬한 기세를 뿜어내는 것으로
의지를 드러낸다.

단사천이 깨어나기 며칠 전의 일이었다.

*　　　*　　　*

"들어가도 괜찮을까요?"

무설은 조심스럽게 단사천이 머무르는 방문 앞에서 물었다.

의선문 습격 사건으로부터 약 보름이 지났지만 아직 패천
방의 무사들은 의선문에 남아 있었다.

부상자의 치료, 습격에 대한 조사, 의선문과의 거래 등 남
아 있을 이유가 몇 가지 있었지만 가장 중요한 것은 단사천이
아직 의선문에 있기 때문이었다.

"예, 들어오세요."

안에서 들려온 것은 단사천의 패기 없는 목소리가 아닌 맑
고 고운 여성의 목소리였다.

남녀의 목소리가 한곳에서 난다는 상황에 주저할 만도 했
지만 무설은 익숙한 듯 문을 열고 들어서며 내부를 확인했
다.

내부는 꽤나 넓은 개인 병실이었다.

중앙의 침상에는 환자인 단사천이 앉아 있고 그 옆에는 서이령이 그릇과 숟가락을 들고 있다.

의선문의 꽃이라 불리는 그녀가 이러고 있다는 걸 안다면 피눈물을 흘릴 젊은 청춘들이 무수하겠지만 그걸 보고 있는 무설에게는 익숙한 광경이었다.

"혼자 먹을 수 있습니다만……."

"절대 안정이라는 의원의 권고를 무시할 생각이십니까?"

내밀어지는 은제 숟가락 너머에는 단사천이 난처한 얼굴로 거부 의사를 표하고 있지만 숟가락이 거둬질 기미는 보이지 않았다.

잠시 이쪽을 보며 도와달라는 얼굴을 하지만 무설이 손쓸 방법은 없었다. 그녀는 어깨를 으쓱하고 침상 옆 빈자리에 앉으며 단사천의 구조 요청을 무시했다.

그러고 나면 얼마 지나지 않아 결국 단사천이 체념하고 받아먹는 것으로 일단락된다. 그사이 많이 친해진 그녀들이었다.

"그런데 무 소저, 혹시 알아내신 건 있으십니까?"

단사천은 얌전히 포기하고 화제를 돌렸다. 의선문과 패천방을 습격한 배후에 대해 묻는 것이다.

'정말 남색이라도 하나? 의봉(醫鳳)이 저렇게까지 나오는데…….'

그 모습을 보며 무설은 내심 한숨을 내쉬었다. 여러 가지가 섞인 한숨이었지만 그 속에는 약간의 안도감도 섞여 있었다. 그녀 스스로는 모르고 있었지만 말이다.

"일단 의선문을 습격한 것은 예상대로 마교로 지정된 곳 중 하나인 혈교인 모양이에요. 저희 쪽과도 약간 연관이 있는 것 같더군요."

그때 객잔에서 무설을 습격한 전인문주 암귀의 입에서 나온 귀각이라는 말이나 의선문에서 사용된 각종 독의 흔적을 뒤따라가면 인형귀각(人形鬼閣)이라는 집단이 나온다.

그리고 그 이름은 천하가 마교로 지목한 집단 가운데 하나인 혈교의 무력단체를 부르는 이름이었다.

"일단 개방과 천목회(千目會)에도 정보를 넘기긴 했지만 이 이상의 추적은 힘들 것 같다고 해요. 그런데……."

그녀는 말을 꺼내기 전에 먼저 단사천을 보았다.

패기라는 것이 전혀 존재하지 않는 얼빠진 얼굴은 천문단가의 오대독자이자 점창파의 제자라는 것을 믿기 힘들게 했다.

"뭔가 더 있습니까?"

"어딘가 또 습격이라도 당한 건가요?"

말꼬리를 흐린 탓에 두 사람은 바로 다음 말을 구하며 물어 왔다.

"아뇨. 그건 아니고……. 단 공자."

"예."

"단 공자의 어머님이 이곳으로 오신다는군요."

"예? 어머님이?"

멍하니 반문하는 모습에는 당황이 깃들어 있다. 아니, 자세히 살펴보면 당황 밑에는 약간의 불안도 숨어 있었다.

그 때문에 무설은 상당히 엄한 교육을 받았구나 생각하며 말했다.

"황궁에서 파견 나온 금의위 무사 수십 명에 단가의 식객까지 호위로 붙었다고 해요."

거기에 의뢰를 받은 표국에서 따라붙은 인원과 일행을 수행할 하인들까지 합친다면 물경 이백여 명에 이르는 대인원이었다.

덕분에 하북성에 근간을 두고 있는 무림 문파들은 황궁에서 무슨 일을 벌이려는 것인지 알아내기 위해 소란을 떨었다.

정작 그 내면을 알고 있는 무설에게는 우스꽝스러운 소동이었지만 이해하지 못할 건 아니었다.

일류 고수만 백여 명이 움직였다. 이건 어지간한 대문파와도 맞먹는 전력이니 어느 정도 소동이 일어나는 것은 당연했다.

"아마 앞으로 일주일 내로 도착하실 거예요. 그리고 아~
하세요."

무설이 잠시 정신을 놓고 있던 서이령에게서 그릇과 숟가락
을 뺏어 든 뒤 죽을 떠 입 앞으로 내민다.

정신없는 틈을 타 역할을 빼앗긴 서이령은 약간 불퉁해진
얼굴을 하고 있었지만 재차 눈앞에 숟가락이 들이밀어진 단사
천의 얼굴만큼 재미있지는 않았다.

'뭐랄까, 재밌네. 계속 보다 보니 정도 들 것 같고.'

"예?"

"어머, 서 소저가 할 때는 얌전히 드셨으면서 저는 싫으신
가요? 저도 단 공자에게는 생명의 빚을 지고 있는 입장으로서
최소한 이 정도는 해드리고 싶어서 그래요."

난처한 얼굴과 보다 부루퉁해지는 얼굴을 번갈아 보며 웃
음 짓는다. 스스로가 생각해도 짓궂은 웃음이라는 자각은 있
었지만 그다지 바꿔야겠다는 생각은 들지 않았다. 그도 그럴
것이, 이 행동과 시간이 상당히 즐거웠기 때문이다.

"잘들 노는구나."

다만 장난도 거기까지였다. 문을 열고 새로 등장한 인물의
혀 차는 소리에 모두가 어색한 웃음을 흘리며 행동을 멈췄다.
유일하게 단사천만이 보다 나아진 얼굴이다.

"저 처자는 그렇다 치고, 이령이 너는 약 달이는 동안 환자

상태나 보면서 위급 상황에 대처하라고 했더니… 뭐 하는 거냐?"

"아, 할아버지, 그게……."

서이령이 몸을 꼬며 부끄러워했다.

문을 열고 나타난 인물은 서이령의 조부인 의선 서문이었다.

당대 최고의 의원이라는 칭호와 함께 어의의 자리에 오른 절정고수. 배분이나 나이, 무공, 인덕, 명성 등 무엇 하나 빠지는 것 없는 거인이었다.

"그건 됐다. 그런데 아직 다 안 먹었나?"

"예, 상황이 조금……."

"빨리 먹게. 약이 완성되면 바로 먹어야 하니까."

그 말의 대상은 무설이었다. 그녀는 장난감을 빼앗긴 아이의 심정으로 잽싸게 그릇과 수저를 넘겼다.

"어디 아프거나 이상한 곳은 없는가?"

"예, 혈도가 좀 좁아진 걸 제외하면 괜찮습니다."

담담하게 말하지만 무설의 기준에서는 그렇게 담담하게 말할 수 있는 내용이 아니었다.

혈도는 내공을 운용하는 근간이다. 단전에 비축된 내기를 사용하는 수준을 정할 수 있게 해주는 것이 혈도인 것이다.

예를 들어 내공이 담긴 단전을 물이 담긴 독이라 한다면 혈도는 그 독과 이어지는 관이다. 관의 강도와 폭에 따라 한 번에 내뿜는 물의 양과 세기가 정해지는 것이다.

"역시 그런가? 아직 자네가 흡수하지 못한 약재의 기운들이 흐르다가 영기 때문에 굳었나 보군. 그건 걱정 말게. 약을 몇 가지 복용하고 내가 말한 치료법을 쓰다 보면 차차 나아질 걸세."

기공 가운데에는 혈도를 단련하고 그 넓이를 넓히는 데 집중하는 것도 있을 정도로 혈도의 단련은 어렵기 그지없는 일이지만 의선은 아무렇지도 않게 말했고, 그걸 듣는 단사천도 마찬가지로 그저 고개를 끄덕일 뿐이었다.

"어디 다른 이상은… 아니, 그보다는 직접 움직이면서 확인하는 게 낫겠군. 따라 나오게. 약은 밖에서 먹도록 하세."

어느새 비워진 그릇을 내려놓은 단사천은 곧 서문의 뒤를 따라 밖으로 나갔다.

밖은 이미 대부분은 정리된 상태였고, 새로 공사를 준비하는 공터와 불에 타지 않은 전각에 남은 칼자국 따위의 흔적만이 남아 그날의 상황을 떠올리게 했다.

"이쯤이면 되겠지. 가볍게 몸이나 풀어보게."

원래는 전각이 있던 자리지만 이제는 아무것도 없는 공터 중앙에 단사천이 서고 공터의 가장자리에 서이령과 서문, 무설이 나란히 앉았다.

본래 타 문파의 수련을 보는 것은 금기지만 지금은 어디까지나 신체 점검 차원의 가벼운 몸 풀기였다.

보더라도 그리 문제될 것은 없었는데, 그날 그만한 무위를 보인 단사천이었기에 약간의 기대가 섞인 참관이다.

시선 끝에 있던 단사천이 익숙하게 몸을 풀어나갔다.

신체 곳곳을 점검하듯 빠르지 않게, 하지만 확실하게 관절과 근육을 차례로 풀어갔다. 경건함마저 느껴질 정도의 집중이 담긴 준비였다.

시간이 조금 오래 걸렸지만, 방금 병상에서 일어난 환자로서 자신의 몸 상태를 점검하는 목적이라 사람들은 생각했다.

물론 단사천 스스로는 관전하는 사람들과 약이 준비되고 있다는 점을 감안해 평소 이상으로 빠르게 끝낸 준비운동이었지만 말이다.

"목검을 하나 써도 괜찮겠습니까?"

"당연히 써도 괜찮네."

비록 목검이라고는 하나 검을 들자 분위기가 변했다.

검도를 향한 경건함보다는 검의 힘에 대한 진중함이 서린다. 모든 것을 가라앉히는 것 같은 무거운 숨 고르기가 끝나고 검이 움직였다.

시작은 완검, 평범한 수련이다.

느릿하게 움직인 검은 한 번의 출수 후 다시 허리춤으로 돌아왔다. 뒤를 잇는 것은 속검이었다. 눈으로 쫓을 엄두도 나지 않는 속도로 완검이 그린 궤적을 그대로 덧씌우듯 따라갔다. 내상을 입고 내공을 잃었으며 혈도마저 좁아졌다고는 믿기 힘든 속도였다.

그렇게 완검과 속검을 반복하며 삼십여 번의 검격이 허공을 수놓고 나자 단사천이 다시 한 번 무거운 숨 고르기를 끝으로 검을 내려놓았다.

"딱히 이상은 없는 것 같군. 어디 내공이 막히거나 하지는 않는가?"

"조금 불편한 감은 있습니다만 전반적으로는 괜찮습니다."

단사천의 답을 들은 서문은 열기가 올라온 근육을 이리저리 만져보더니 고개를 끄덕이며 말했다.

"그런가? 그럼 약을 가져올 테니 잠시 쉬고 있게."

서문은 얼마 지나지 않아 손에 그릇을 들고 돌아왔다. 그릇에는 검은 탕약이 출렁거리는 게 보일 정도로 가득 담겨 있었는데, 상당한 거리임에도 약 향이 물씬 풍겨왔다.

그리고 그 약 향은 거리가 점차 가까워짐에 따라 악취라고 불러도 좋을 정도로 진해졌다.

약 향에 익숙한 서이령도 눈살을 찌푸릴 정도였고, 무설은 헛구역질을 일으킬 정도의 반응을 보였다.

그렇지만 단사천과 그것을 가지고 온 서문은 냄새 같은 것은 전혀 나지 않는다는 듯한 얼굴을 하고 있다.

"쭉 들이켜게. 조금 쓸지도 모르겠지만 필요한 거니까 꾹 참고."

이미 냄새에 질색해 거리를 벌린 무설은 거짓말이라고 소리치고 싶었지만 입을 벌리면 들어올 냄새가 무서워 그러지도 못하고 입을 가린 채 조금 더 거리를 벌렸다.

정작 당사자인 단사천은 아무렇지도 않게 그릇을 받아 들고 빠르게 탕약을 비워냈다.

"잘 마시는군."

"후! 괜찮네요. 지금까지 먹은 것들도 다 괜찮았지만 특히 이 탕약에 들어간 약재는 대단히 좋은 것 같습니다."

"오! 알아보겠나? 내 특별히 내원에서 숙성한 약재들로 달인 탕약이네."

사기 그릇 안에 남은 마지막 한 방울까지 놓치지 않기 위해 집중하던 단사천이 눈을 빛냈다.

내원에서 나왔다는 말은 의선문의 까다로운 기준을 통과한 약재라는 소리였다. 당장 바깥에서도 다른 곳과는 한 단계 정도 좋은 품질의 약재를 유통하는데 의선문 내부에서는 그것보다도 좋은 약재가 사용될 것이 분명했다.

그걸 확인시켜 주듯 서문의 말에는 자부심이 가득했다.

"기운을 다스리기 위해 향부자(香附子)와 지실(枳實)은 특별히 좋은 녀석으로 넣었네. 황실에서 쓰는 것과 비교해도 좋아."

"죽여와 우슬도 들어간 것 같은데, 맞습니까?"

"허, 그걸 마시는 걸로 알아보나? 이거 비전이 들킬까 봐 비약들은 못 내주겠군."

"그런 일은 없을 겁니다."

"허허, 농일세. 인상 쓰지 않아도 괜찮아. 그럼 다른 재료들도 맞혀볼 수 있겠나?"

지난 이십 년간 하루도 약과 떨어진 날이 없는 단사천과 의술을 접하고 한 갑자가 지난 서문은 그렇게 본궤도에서 벗어난 대화를 이어갔고, 대화가 이어지면 이어질수록 서문이 들고 있는 약탕기와 단사천의 숨결에 실려 나오는 진한 약 향은 진해져 갔다.

결국 간신히 웃는 낯을 유지하던 서이령이 반쯤 기절한 무설을 부축해 사라졌지만 그럼에도 두 노소는 대화를 계속되었다.

대화가 그친 것은 그리 많은 시간이 지나지 않은 시점에서였다.

약간 본심이 끼어들기는 했지만 서이령과 무설이 자리를 뜨기를 기다린 것이다.

"그럼 본론을 말씀하시죠."

먼저 입을 연 것은 단사천이었다. 방금까지 대화를 즐긴 것은 단사천도 마찬가지였지만 서문의 눈빛에서 무언가 읽어낸 까닭이다.

"어찌 그리 생각했나?"

서문은 부정의 빛도 내비치지 않은 채 그저 이유를 물었지만 딱히 난처하거나 당황한 느낌은 없었다.

"대화 도중 때때로 손녀 분과 무 소저를 향하셨습니다. 거기에 뭔가 숨기고 계신 듯했기에 그리 생각했습니다."

"확실히 조금 노골적이었지. 아마 이령이 저 아이도 눈치는 챘겠지."

그렇게 중얼거린 서문은 마치 무언가를 준비하듯 호흡을 고르고 허리를 곧게 세운 뒤 단사천과 마주했다.

직전까지의 웃음을 지우고 보다 진중한 기세를 만들어낸 서문의 모습에 단사천도 반응해 긴장하며 서문을 주시했다.

"그리 긴장하지 않아도 괜찮네. 별 뜻이 있는 건 아니니. 그저 당사자와 부외자를 구분 지은 것뿐, 아무래도 이 이야기는 자네에게만 해야 될 것 같아서 말일세."

뭔가 중요한 이야기인 듯 뜸을 들이던 서문이 이내 입을 열었다.

"일전에 자네에게 말한 방법과 관련된 이야기네."

서문이 지금 단사천이 처한 상황에 대한 대처 방식 두 가지를 제시한 그날, 서문이 제시하고 단사천이 받아들인 방법은 의술이라기보다는 연단술에 가까운 방법이었다.

현재 단사천의 몸에 자리한 영기는 그 성질이 음양오행의 기준에 따라 분류한다면 토기(土氣)의 성질을 띠고 있는데 영기 자체는 나쁠 것이 없었다.

전신 대혈에 자리 잡은 영기는 마치 대지와 같이 기운의 근본으로 굳건한 중심이 되지만 문제는 영기와 상생상극을 통해 조화를 이뤄야 할 다른 기운들이 부족하다는 점이었다.

물론 심법 가운데에는 어느 한 기운을 중심으로 수련하는 것도 많지만, 그것도 최소한의 균형을 이룬 상태를 기본 전제로 놓는다.

특히나 영기처럼 극도로 순수하고 강력한 기운이라면 한 줌으로도 인간의 육신을 망가뜨릴 수 있었다.

다행히 아직은 단사천의 신체 내부에서 단사천이 그간 쌓은 내공과 엄정한 계획에 따라 섭취해 온 영약이 만들어낸 균형에 묶여 잠들어 있었지만 언제 어떻게 움직일지 알 수 없었다.

그래서 서문은 그간 문파 내에서 연구하던 이론을 꺼내 들었다.

천심단(天心團).

예전 등선을 위해 수련하던 한 도사가 창안했다는 연단법이다.

기존의 여타 연단술과 같이 각종 영약을 하나로 빚어 신체 외부에서 기운을 완성시켜 복용하고 그것을 흡수, 정제하는 것이 아닌, 처음부터 신체 내부에 기운을 모아 균형을 맞추고 완성시켜 등선한다는 것을 골자로 하는 이론이었다.

그것은 완성된 이론도 아니었고 제대로 된 사례도 존재하지 않았다. 좌도 내에서도 이단으로 취급받던 이론이지만, 서문은 그 내용을 황궁의 서고에서 발견한 뒤 수십 년의 세월에 걸쳐 연구에 연구를 거듭해 상당한 성과를 얻었다.

하지만 그게 전부였다.

비전 중의 비전이라고는 하지만 천심단은 미완성의 영단이었다. 정확히 말하자면 완성될 수 없는 물건이었다.

어지간한 거대 가문의 기둥이 흔들릴 정도의 투자가 필요했다.

돈으로도 구할 수 없는 전설 속에나 나올 법한 영약이 필요했다.

선천적인 재능과 후천적인 노력은 물론이고 그마저도 천심단에 어울릴 정도의 토대를 만들기 위해서는 완벽한 계획 속에서 완성되지 않으면 안 되었다.

현실적으로 가능할 리 없는 물건이었다. 조건 하나하나가 너무나 허황되었다. 그렇기에 모든 조건을 충족시키는 인간은 없었다.

결국 서문은 천심단을 기억 한구석에 묻어두고 잊고 있었다.

'그래서 그때는 놀라 쓰러지는 줄 알았지.'

약향이 가득한 방 한가운데에 누워 있던 단사천을 봤을 때의 충격을 잊을 수가 없었다.

마치 장인이 평생에 걸쳐 세공한 것처럼 세밀하게 조정된 신체는 그 안에 담긴 것을 알아볼 수 있는 자에게는 가치를 매길 수 없는 보물이나 다름없었다.

눈을 의심할 정도로 완성된 육체는 진맥을 시작하자 더 커다란 놀라움을 선사했다.

내부는 갓난아기처럼 깨끗했고 눈으로 확인할 수 없는 부위마저 완벽하게 다듬어져 있었다. 하지만 그 무엇보다 충격인 것은 인간이 정제한 내공과는 결코 섞이지 않는다는 영기가 단사천의 몸속에 잠들어 있었던 것이다. 눈을 의심케 하는 기사(奇事)에 또 한 번 놀라고, 놀람이 가실 즈음에는 당황이 서문의 머리를 가득 메웠다.

살아오며 처음 겪는 상황, 의서를 뒤져봐도 상황을 타개할 방법은 존재하지 않을 것 같았다. 그렇게 고심하던 찰나 천심단의 이론이 떠올랐다.

'그거라면……!'

연단가이자 의원으로서 영단을 실제로 볼 수 있을지 모른다는 사심이 섞여 들어가기는 했지만 그것을 배제하고서도 천심단은 단사천의 상태를 해결할 수 있는 유일한 방법이기도 했다.

그렇지만 그 방법 하나에만 매달린 것은 아니었다. 이런 상황에서 유일하게 조언을 얻을 수 있는 '그분'을 억지까지 써가며 불렀다. 그 탓에 머리가 아픈 상황이 생길지도 모르지만 가문의 은인을 위해 그 정도는 감수할 수 있었다.

"내가 청한 분이 오고 계신다네. 황실에서 직접 관리하는 영지의 총관리자이신데 자네 모친 일행과 합류하셨다는군. 잘하면 황궁에서 관리하는 영지의 영약 사용 허가만이 아니라 자네가 지금 처한 상황에 대한 조언도 얻을 수 있을지 모른다네. 그분께서는 의원은 아니지만 나보다 아는 것이 많으니 말일세."

서문의 말에 허씨 일행에 금의위 무사들이 추가된 이유를 알 수 있었다.

허씨가 아무리 삼주라 불리는 단가에서 중요한 인물이라고는 하지만 황제의 친위부대이자 직속 무력 집단인 금의위가 움직일 정도는 아니었다.

하지만 이곳으로 오는 것이 단사천의 모친인 허씨 하나가 아니고 황실에서도 중요한 인물이 온다면 이해할 수 있었다.

다만 어의까지 오른 서문이 존칭을 쓸 정도이며 의원은 아니지만 의술에도 조예가 깊은 사람이 누구인가에 대해서는 떠오르는 자가 없었다.

"혹시 어머님과 같이 오시는 분이 누구신지 알 수 있겠습니까?"

단사천의 물음에 서문은 대답 대신 난처한 웃음만을 내보였다.

"미안하네만 말해줄 수 없겠네. 그분에 대한 것은 하나같이 기밀 아닌 것이 없어서 그분이 직접 말하지 않는 이상 내가 해줄 수 있는 말이 없다네."

거기까지 말하는 이상 더는 파고들 수 없었다.

어차피 며칠 뒤에는 이곳에 온다고 했으니 기다리면 될 일이었다.

말하지 않는다면 그만한 이유가 있을 것이 분명했다.

특히나 황실에서 직접 움직여 숨기고 있다는 존재라면 괜한 호기심으로 화를 자초할 필요는 없었다.

"뭐, 자네가 무엇을 상상하든 그분을 만나는 순간 놀라지 않을 수 없다는 것 정도는 장담하지."

　어느새 서문은 난처한 웃음이 아니라 묘한 웃음을 짓고 있었다.

二. 동흥왕

수백 명의 사람이 도착했지만 의선문 내부로 들어간 것은 금의위 몇과 허씨, 그리고 하인 몇뿐이었다.

  습격 이후 불에 타고 손상을 입은 전각들이 대부분인 의선 문이었기에 이백여 명에 달하는 인원을 수용하는 것이 불가 능한 탓이었다.

  "자식이 신세를 졌습니다. 정말 감사드립니다."

  서문에게 고개를 숙이며 감사를 전하는 허씨와 그 감사를 받는 서문, 그리고 그걸 옆에서 보고 있는 단사천과 맞은편에 앉은 이름 모를 금의위 무사로 구성된 네 명이 접객실에 앉아 있었다.

하인들은 차와 다과를 준비한 뒤 자리를 피했기에 접객실에는 넷이 전부였다.

'저분이 의선 어르신께서 말씀하신 분인가?'

이 자리에서 유일하게 처음 보는 사람인 금의위 위사에게 집중해 살펴보았지만 미묘하게 어긋난 지금의 기감으로는 상대를 읽을 수 없었다. 하여 더욱 정신을 집중하려 하는데 곧 자신에게 돌려진 대화의 화살에 집중을 흩어낼 수밖에 없었다.

"아니오. 응당 해야 할 일이었습니다. 더욱이 단 공자는 가문과 사문의 은인입니다. 고개를 들어주시지요."

"그렇게 말씀해 주신다면……. 그런데 이제 몸은 괜찮은 거니?"

고개를 든 허씨는 다음으로 단사천을 향해 고개를 돌리며 물었다.

걱정의 기색이 넘치는 그 눈동자를 피하며 단사천이 답했다.

"예, 의선… 아니, 어의 어르신께서 돌봐주신 덕에 큰 탈은 없습니다."

이제는 탈이랄 것도 없었다.

내부에 잠든 영기가 문제이긴 하지만 해결할 방법도 찾아낸 상태이고 당장 치료를 요구하는 외상도 내상도 없다. 그래서 한 말이었지만 이내 단사천은 스스로의 실수를 깨달았다.

자신의 의식과 무의식을 지배하는 절대 명제인 보신제일주의를 누가 만들었는지 잊고 있었다.

"큰 탈이 없다는 건 작은 것은 남았다는 거구나? 그래서는 안 된다. 작은 것이라도 조심해야 해. 너는 단가의 오대독자로서……"

어릴 때부터 그랬다. 넘어져 생긴 작은 생채기에도 누구보다 크게 걱정하고 한숨짓던 것이 허씨이다.

의원을 불러 밤낮을 가리지 않고 간호하는 것은 물론이고 몇 날 며칠을 잔소리로 보내는 것이 허씨였다.

지금도 상처라고는 없는 단사천을 상대로 끝이 보이지 않는 설교를 늘어놓고 있는 허씨였고, 그 끝은 오지 않을 것만 같았다.

그나마 도와줄 수 있는 서문은 허허 웃으며 지켜만 보고 있었다.

결국 허씨가 만족할 때까지 설교를 듣는 수밖에 없다고 생각하고 있었는데 의외로 끝은 외부에서 찾아왔다.

"시끄러워서 잘 수가 없다!"

노기가 느껴지는 말이었지만 목소리는 어린아이의 그것과 비슷했다.

약간 높고 약한 목소리. 하지만 그 안에는 알 수 없는 연륜과 현기가 묻어 있었다. 이해할 수 없는 상황이었지만 그보다 더 중요한 것은 그런 말을 내뱉은 사람이 없다는 것이다.

허씨는 다른 말을 하고 있고 서문은 당황해 입을 벌리고 있었다. 무사는 입을 닫고 있고 단사천은 말을 하지 않았다.

이 방에는 그렇게 넷뿐이었고 기감에 잡히는 기척도 없었다. 하지만 당황한 것은 단사천뿐이었다.

"죄송합니다, 어르신."

서문은 예의 난처한 웃음을 띠고 있고 허씨는 마치 외조부를 대하듯 공손히 금의위 위사가 있는 방향으로 말했다. 다만 대상은 위사가 아니었다.

"됐고, 저 아이가 너희가 말한 그 아이겠지? 수련도 거치지 않은 몸에 영기가 굳어 있다니 신기하구나."

위사의 가슴팍에서 뛰쳐나온 그것은 너구리였다.

탁자 중앙에 내려선 너구리는 무게를 잡으려는 듯 뒷짐을 지고 허씨와 서문을 노려보고 있었는데 사정을 모르는 단사천으로서는 근엄한 분위기와 전혀 어울리지 않는 귀여운 외견 사이의 괴리감에 당황할 뿐이었다.

보통의 너구리와 조금 다른 점이라면 전반적으로 색이 연하다는 것 정도였지만 그것 이상으로 기감을 자극하는 무엇인가가 있었다.

어째서 이런 기척을 바로 깨닫지 못했는지 의심스러울 정도로 거대한 기운이었다.

"말을 하는 너… 구리?"

단사천의 중얼거림에 가장 먼저 반응한 것은 금의위 위사였다.

"말을 가려 하도록 해라. 네 앞에 계신 분은 동흥왕부(東興王部)의 주인으로 황상께서 직접 임명한 왕이시니 말이다."

바로 이해할 수 없는 말을 태연히 내뱉는 위사의 말이었지만 역시나 단사천을 제외한 나머지는 어색한 웃음을 흘리며 상황을 보고 있을 뿐이다.

"그러니까 나한테 인간의 작위를 붙이지 마라. 내가 너구리인 건 사실이고, 무엇보다 현백기(玄白技)라는 멀쩡한 이름이 있단 말이다."

"어쩌겠습니까. 폐하께서 이미 작위를 내리셨으니 저희는 따를 수밖에요."

"그때 그놈을 모른 척할 것을… 왜 끼어들어 이 꼴이 되었을꼬. 하아!"

너구리와 사람의 대화라는 초현실적인 상황을 단사천의 머리는 따라가지 못하고 있었지만, 그 현상을 만들어내고 있는 한 사람과 한 너구리는 단사천이 정신을 차릴 때까지 기다려 주지 않았다.

"아무튼 네 녀석이구나. 상태는 뭐 됐고. 그래, 물어볼 게 뭐냐, 약쟁이?"

"왕야, 그 별명은 그만둬 주시면 안 되겠습니까?"

힘없는 서문의 말에 현백기는 마치 사람처럼 콧방귀를 뀌며 답했다.

"틀린 말도 아니지 않느냐? 아무튼 빨리 말해라. 낮이라 졸리니까."

서문은 한숨을 내쉬며 이야기를 진행시켰다.

습격에서부터 이어지는 단사천의 현재 상황과 관련된 모든 이야기였지만 나름의 축약해 그리 오랜 시간이 걸리지는 않았다.

중간에 허씨가 재차 설교를 시작하려는 것을 현백기가 하악질을 통해 제지한 것을 제외한다면 서문의 이야기는 순탄하게 끝을 맺었다.

"그래서 왕야의 조언을 구하고 싶습니다."

그 말을 끝으로 정적이 내려앉았다. 대답해야 할 현백기가 의중을 알 수 없는 눈빛으로 단사천을 바라보고 있었기에 대답을 기다리는 나머지는 그저 조용히 있을 수밖에 없었다.

그러다 마침내 현백기의 입이 열렸다.

"천심단이라고 해서 뭔가 했더니 여의주였군. 천 년도 못 살 사람의 몸으로 만들기는 힘들겠지만… 이만큼이나 영기를 몸에 담은 이상 하지 않을 수도 없는 노릇이고. 뭐, 문제 하나를 빼면 대충 이론적으로는 괜찮다."

담담하게 말하는 현백기였지만 듣고 있던 자들은 모두가 놀랐다.

설화에나 나올 단어의 등장이 모두를 경악으로 몰아넣었다.

"여의주라니, 설마 그 용이 물고 승천한다는 그것입니까?"

"그거 말고 여의주가 또 있냐?"

서문의 반사적인 물음에 여전히 현백기는 평탄한 어조로 답했다.

영물의 내단에서 영감을 얻어 만들었다고 하는 천심단의 이론이 전설에서나 겨우 찾을 수 있는 여의주의 재현이라는 것에 서문은 놀라 말을 잇지 못했다.

"아무튼 문제점 말인데, 저거 평범한 영약으로는 완성 못 시킨다."

"제가 말씀드린 것들이 평범하다고 생각하지는 않습니다만… 그걸로도 부족합니까?"

현백기가 말한 평범한 영약이란 돈이 있다고 구할 수 있는 물건들이 아닌, 수백 년의 시간을 거쳐 겨우 한 모금 만들어지는 공청석유나 천년설삼과 같은 진정한 영약들이었다.

무인들이 눈에 불을 켜고 찾아다니며 때로는 목숨까지 걸

물건들이었지만 현백기에게는 그저 그런 취급을 받고 있었다.

"부족하지. 영기 그 자체에 비하면 영약은 잡초나 다름없다. 영기는 영약과는 비교도 못할 물건이니까. 그걸 제대로 빚어 내려면 천하에 산재한 영지들을 돌아다니면서 그 지역의 영기 로 균형을 맞춰가면서 하나로 빚어야지 어중간한 약재로는 힘 들어. 더군다나 이 녀석, 엄청 먹어대서 그걸 압도할 정도의 것이 없으면 전혀 효과가 안 나올걸."

코를 쿵쿵거리며 '많이도 처먹었네' 같은 말이 덧붙이기는 했지만 거기에 신경 쓰는 사람은 없었다.

하나같이 여의주라는 단어가 만들어내는 당혹감에서 아직 도 헤어 나오지 못하고 있었다. 얼마 지나지 않아 당사자인 단 사천이 가장 먼저 정신을 차렸고, 서문과 허씨, 그리고 위사도 곧 정신을 다잡았다.

이야기가 아직 끝나지 않은 것이다.

일반적으로 영지는 드러나 있지 않았다. 의선문에서도 내원 으로 감싸 숨겨두었고 말이다.

하지만 그들이 알고 있는 영지가 하나 있었으니 바로 현백 기가 주인으로 있는 영지였다.

"저, 어르신, 혹시……."

"그래, 알았다."

간신히 정신을 다잡은 서문이 주저하며 말하자 중간을 자르며 답이 돌아왔다. 아직 내용이 나오지는 않았지만 뒤에 이어질 말은 누구나 알 수 있었다.

현백기가 관리하는 영지에 단사천이 가도 되는가 하는 문제였다.

인간으로 따지자면 사유지나 다름없는 곳이고, 영물들이 영역에 가지는 애착과 침입자에 대한 강한 적개심은 인간이 상상하는 것 이상이었기에 현백기의 눈치를 살피며 조심스레 물은 것이지만 의외로 답은 시원하게 나왔다.

허씨와 단사천은 그 시원한 답에 긴장으로 굳은 얼굴을 풀었지만 더욱 얼굴을 굳히는 한 사람이 있었다.

"안 됩니다. 동흥왕부는 황상께서 허락한 사람이 아니면 들어갈 수 없습니다."

바로 현백기를 가슴팍에 안고 있던 금의위 위사였다.

현백기가 관리한다는 영지는 태산이다. 그것도 황제가 봉선제를 치르는 곳이다.

고위 관료 중에서도 허락된 극소수의 인원만이 입장 가능한 황실의 영역이었다.

그 반대의 말에 산의 주인은 못마땅함을 숨기지 않았다.

"어차피 영지에서 영기 한 바가지 퍼낸다고 해도 아무 일도 일어나지 않는다."

현백기는 짜증을 내며 말했지만 역시 위사는 금의위라는

단체에 적을 둔 이상 반대를 표할 수밖에 없었다.

단사천의 상황에 대한 것은 방금 들어 알게 되었지만, 아무리 그래도 가야 할 곳이 황실의 금지(禁地)라면 막아야 하는 입장인 것이다.

"왕야, 하지만 황실의 금지에 외인의 출입은 엄히 금하고 있습니다!"

"시끄럽다! 아무튼 데리고 갈 테니 그렇게 알아!"

물론 그것도 이 자리에서 갑의 위치에 있는 현백기가 받아들일 때의 일이었다.

그에게 주어진 임무가 동홍왕의 신변 경호라고는 하지만 실상은 인간사에 어두운 현백기를 보조하고 조언하는 역할에 지나지 않았고, 그런 직책이 무색하게도 현백기와 충돌할 때면 이번처럼 고집을 꺾지 못하는 경우가 허다했다.

"너무 걱정 말게나, 정 천호(千戶). 북진무사 그 친구에게는 내가 직접 말을 해놓을 테니."

서문의 위로가 이어지지만 그것으로도 덮을 수 없는 마지막 장애물이 있다는 걸 그도 안다. 북진무사를 설득하고 동지를 설득한다 해도 그 위에는 금의위의 최고 수장인 황제가 있었다.

어의인 서문은 그것이 가지는 의미를 너무나도 잘 알고 있었다.

금의위가 황제의 망할 장난에 어울리며 얼마나 자주 위약을 찾았던가. 그건 고위직으로 올라갈수록 더해져 북진무사 정도가 되면 황제의 최측근인 단리명에 버금가는 빈도가 된다.

"황상께서도 동홍왕님과 관련된 일에는 조용하시지 않은가."

"제발 그랬으면 좋겠습니다만······."

한숨을 내쉬는 사내에게서 서문은 고개를 돌렸다.

"그럼 난 이만 잔다."

한숨의 원인인 현백기는 한숨을 무시하고 그대로 탁자 밑으로 들어가 탁자 다리 근처의 그늘에서 몸을 둥글게 말고 잠을 청했다.

왕은 무치라는 그 말을 누구보다 잘 이행하는 현백기의 행동을 보며 몇 개의 한숨이 겹쳤다.

이후로 이뤄진 대화는 신변잡기와 같은 가벼운 소재였고, 그나마도 중간에 현백기의 뒤척임으로 인해 끝을 맺었다.

더 이상 대화를 할 분위기가 아니라고 판단한 서문이 먼저 자리를 뜨고 금의위 위사가 현백기의 숙면을 위해 자리를 옮겼다.

단사천과 허씨 둘만 남아 가족 간의 오붓한 대화가 오가야 하겠지만, 이미 허씨는 정다운 대화보다 방금 현백기에 의해 끊긴 설교를 계속 이어나갈 기세였다.

"수신(修身)에 힘쓰라는 의미에서 무공을 배우라 했지, 무림인이 되어서 싸움이나 하고 다니라고 무공을 배우라고 한 것이 아니었다."

"죄송합니다."

당시의 상황 같은 하고 싶은 말이 없는 것은 아니지만 이 뒤에 계속해서 이어질 설교를 생각하면 빠르게 인정하고 반성의 기미를 보이는 것이 나았다.

애초에 단사천 본인도 그때의 일을 돌이켜 보면 보다 안전하고 뒤탈 없이 해결할 수 있었음에도 무모하게 행동한 것을 인정했다.

위험에는 가까워지지 않으면 족했고, 늘 그것을 되새기며 살아왔다. 그렇지만 그런 마음가짐도 무공을 익히고 내공을 손에 넣자 흐트러졌다.

무공을 배우고 남들보다 강하다는 생각을 가졌는데 그것이 문제였다.

"반성하고 있습니다."

다만 그 일들을 후회하느냐고 묻는다면 그렇지는 않았다.

눈을 씻고 찾아야 간신히 찾아낼 수준의 의협심이라고는 하지만 협에 따른 것이다. 앞으로의 행동에 조심을 기할 뿐 협의를 가지고 한 행동을 후회하라고 배운 기억은 점창에서도 없었고 본가에서도 없었다.

"반성도 하고 있고 상황도 어쩔 수 없었다고 하니 이만 하고 넘어가겠다만… 항상 단가의 유일한 적자라는 것을 유의하고 행동하도록 하거라."

오랜만에 만나 설교로 시간을 보내는 것이 탐탁지 않은 것은 허씨도 마찬가지였기에 짧은 설교로 끝났다. 길게 할 때는 한나절을 통째로 설교에 쓰기도 하는 만큼 상당히 이례적인 일이었다.

"예, 어머니."

재차 고개를 숙이는 단사천을 바라보는 허씨의 눈동자에 어느새 걱정과 약간의 노기가 사라지고 호기심이 자리했다.

"그런데……"

방금까지 전신에 휘감겨 있던 기품 대신 짓궂음이 감도는 웃음을 띠며 허씨가 은근한 어조로 말을 이어갔다.

"같이 있던 여아들과는 무슨 관계니? 어의 어르신의 손녀랑 무림 문파의 여식이던가?"

묘한 기대가 담겨 있는 물음이었지만 대답해야 하는 단사천은 난감했다.

서이령의 경우야 그저 의선문 습격 당시 도움을 주고받은 관계라고 말하면 되지만 무설의 경우에는 이야기를 각색하지 않으면 안 되었다. 있는 그대로 이야기하면 어떤 미래가 펼쳐질지 뻔히 보이는데 그런 가시밭길을 걸어갈 생각은 없었다.

"그냥 도움을 주고받은 관계입니다. 기대하시는 것과는 거리가 멉니다."

"어머, 아직 아무 말도 안 했는데?"

웃어넘기지만 아쉬움이 느껴진다. 단사천의 나이도 벌써 약관에 이르렀다. 이른 집안은 벌써 자식이 있어도 이상하지 않을 나이였다.

더욱이 지난 몇 대를 독자로 이어온 집안이기에 결혼과 후계에 대한 감정은 여타의 가문들과 비교할 바가 아니었다.

"아무튼 나나 네 아버지나 네게 정략혼을 강요할 마음은 없다만 마음이 맞는 아이가 있다면 빨리 데려오도록 해라. 네 나이도 약관인데 이제 가정을 이루는 것도 생각해야지."

오로지 학문과 명성, 그리고 제일인자인 황제의 총애로 가문의 위세를 유지해 온 단가이기에 할 수 있는 말이었다.

단가가 다른 가문과 인연을 맺을 필요가 별로 없기에 가능한 자유였다.

"그보다는 부모님이 직접 정해주시는 편이 좋다고 생각합니다만……."

정작 그 자유를 누려야 할 단사천은 생각이 없었지만.

"그럼 당장에라도 선을 보라고 말하고 싶지만… 그럴 상황이 아니구나. 본래는 네가 산에서 내려오면 곧바로 결혼부터 시킬 생각이었다만 걱정이구나."

이제는 다시 걱정의 빛을 띤다. 잠깐 사이 얼굴빛이 계속해서 변했다.

집안에서는 단리명을 대신해 집안의 중심을 잡을 정도로 강단 있고 절개 있는 여성이었지만 단사천과 관련된 일에는 이렇게 약했다.

"일단 태산까지는 금의위 위사 분들이 동행하시니 괜찮을 것 같다만 그 뒤는 어쩌겠느냐?"

"서 소저도 동행하니 몸 상태는 걱정하지 않아도 되고 태산 이후로는 현지에서 낭인이나 표사를 고용하면 괜찮을 거라고 생각합니다."

"그래. 하지만 낭인들 가운데에는 믿지 못할 자도 많으니 표 국이 좋겠구나. 그리고 가지고 온 패물들을 내어줄 테니 최고로 고용하도록 해라."

"알겠습니다."

"그리고 혹시라도 돈이나 사람이 더 필요하면 네 아버지의 이름을 대고 빌리도록 해라. 대학사나 되는 양반이니 그 정도는 할 수 있겠지. 그래도 안 되면 외할아버지의 이름도 써도 괜찮다. 그리고 아버님, 할아버님의 이름은 마지막까지 남겨두되 필요하면 망설이지 말고."

"예, 어머님."

부모의 위광에 기대라는 떳떳할 것 없는 말이었지만 정작 그런 대화를 주고받는 모자는 아무렇지도 않아 보였다.

명예와 자존심, 혹은 그 외의 것을 목숨보다도 소중하게 여기는 자라면 이해하지 못하겠지만 적어도 단사천의 기준에서는 당연한 반응이었다.

명예와 자존심 덕분에 싸움이나 시비를 피할 수 있다면 좀 더 소중히 여길지도 모르겠지만 그런 것들은 오히려 싸움과 시비를 불러 모으는 것들이었다.

특히 괜한 자존심을 내세우며 피할 수 있는 시비에 맞부딪 치는 것은 사양이었다.

"그래도 이걸로는 안심이 안 되는구나."

이미 충분하고 넘칠 정도의 과보호를 보여주고 있었지만 여전히 허씨의 표정은 완전히 풀리지 않고 있었다. 이 정도로 풀릴 걱정이었다면 처음부터 단사천에게 그 많은 보약과 영약을 먹여오지도 않았을 것이다.

사고에 대한 대비라기보다는 조금이나마 걱정을 덜어내기 위한 말이었다.

"산에는 같이 못 오른다고 해도 가는 길에 무슨 일이 있을 지 알 수 없으니 함께 온 무사 중에 절반은 데리고 가도록 해 라."

"하지만 그럼 어머니께서는……."

단사천의 걱정에 허씨는 단호히 고개를 저었다.

"나보다는 네가 걱정이다. 마교라는 끔찍한 자들과도 엮였다고 했지? 그러니 다른 말 말고 받도록 하거라."

앞서 한 번도 이야기하지 않았기에 모른다고 생각했지만 허씨는 알고 있었다.

지금까지 몇 번이나 그들과 엮여온 것을, 그리고 앞으로도 엮일지 모른다는 것을.

"그리고 한 가지 더, 확실한 것은 아니지만 몇몇 문파가 뭔가 꾸미고 있다는 이야기가 들리더구나. 불가침 권리를 얻은 문파들을 위주로 움직인다는데 확실한 증좌가 없어 손을 대지 못하고 있다. 일단 이쪽에서도 손을 쓰겠지만 너도 조심하도록 해라."

다시 한 번 변하는 얼굴은 천하에서 가장 거대한 가문을 내부에서 조율하고 지탱하는 안주인다운 모습이었다.

"무림 문파라니, 무슨 말씀이신지……."

처음 듣는 이야기에 반사적으로 질문하지만 되돌아온 웃음에 말을 멈추었다.

나이에 걸맞지 않는 미모에 걸린 웃음이지만 아름답다거나 화사하다기보다는 무섭다는 감상이 어울리는 웃음에 떠올릴 수 있었다.

왜 어머니를 어려워했는지, 왜 어머니가 온다는 말에 당황했는지.

"너는 걱정 말고 네 몸이나 챙기거라. 어의님이나 왕야의 설명을 들어보니 태산 말고도 영지가 있을 가능성이 높은 오악을 전부 돌아다녀야 한다니 그것만 신경 써도 모자랄 거야. 그렇지?"

이게 천하삼주, 천문단가를 실질적으로 이끄는 여걸의 모습이다.

'어째 인연이 닿은 여자들은 하나같이……'

그렇게 속마음을 삼키며 고개를 끄덕이는 단사천의 모습은 어릴 적 본 동문수학한 사형제들과 술을 마시느라 말없이 외박한 후의 단리명과 닮아 있었다.

*　　　*　　　*

달리는 마차 안에는 허씨와 그녀를 보좌하는 시녀와 호위가 타고 있었다. 덜컹거리는 마차 내부는 정적으로 가득했지만 이내 호위가 정적을 깨며 입을 열었다.

"마님, 이대로 가셔도 괜찮겠습니까?"

며칠이고 머물면서 어릴 적 그런 것처럼 매일 같은 설교를 하지 않을까 생각했지만, 얼굴을 보고 옆에서 도움을 줄 사람들이 있음을 알았으니 그것으로 충분하다며 허씨는 단 하루 만에 귀환을 결정했다.

허씨의 성격과 지난 행적을 보면 믿기 힘든 일이었기에 단 가에서 따라나선 호위는 궁금증을 표했다.

"물론 안 괜찮지."

그야말로 맹수의 웃음이라 할 법한 날카로운 미소를 지어 내며 허씨는 호위의 질문에 답했다. 당장에라도 말 머리를 돌 려 아들 곁으로 돌아가고 싶어하는 게 느껴지는 표정과 말이 다.

"조금 더 머물러도 괜찮지 않았습니까? 여독도 다 풀리지 않으셨을 텐데……."

몇 날 며칠을 달려온 길이다. 제대로 된 휴식도 없었기에 이런 강행군과는 거리가 먼 삶을 살아온 허씨에게는 상당한 피로가 쌓였을 터였다.

그런 이유로 서문과 단사천도 그녀를 붙잡았지만 그저 아 들을 잘 부탁한다는 말만 남기고 떠나왔다.

"언제까지고 내가 볼 수 있는 곳에 놔두고 싶지만… 어린아 이도 아니고 이젠 약관에 이른 남자니까 어미로서 자식을 믿 어야지."

그렇게 말하며 창밖으로 시선을 돌린 허씨의 얼굴에는 섭 섭함의 여운이 맴돌고 있었다.

"그리고 할 일도 남아 있으니 돌아가야지."

그 여운은 얼마 가지 못하고 이내 다시 되돌아온 맹수의 웃음에 밀려 사라졌다.

*   *   *

"그런데 마교 놈들은 대체 왜 의선문을 노린 걸까요?"

언제나처럼 침상에 앉아 있는 단사천과 그 옆에서 떨어질 생각을 하지 않는 서이령을 보며 나오는 한숨을 삼킨 무설은 내심 품고 있던 의문을 꺼내놓았다.

계속해서 마교도들과 엮이는 것에 무언가 있다는 것은 분명했지만 모든 것을 관통하는 의미를 찾아낼 수 없었다.

그렇기에 이렇게 터놓고 의견을 교환하고 싶은 마음에서였다.

"아니, 이 경우에는 의선문이라기보다는 영지를 노렸다고 하는 게 맞겠네요. 대체 왜 영지를 노린 걸까요?"

마교도들은 분명히 의선문의 내원, 즉 영지를 노려고 이곳에 왔다. 그렇지 않다면 그 알 수 없는 주술 같은 무언가나 쇠막대 같은 것은 설명할 수 없었다.

"영지를 못 쓰게 만들려는 의도라고 보기에는 손익이 맞질 않는군요. 기껏해야 영약 제조에 보조적인 역할을 할 뿐이고 영기는 인간이라면 받아들일 수 없는 성질이고……."

"어쩌면 할아버님이 만드신 기공이나 천심단의 이론처럼 마교에서도 영기를 가공하는 방법을 찾아낸 건지도 모릅니다. 그걸 위한 준비 단계로 영지를 망가뜨리는 것일지도 모르겠습니다."

"그렇지만 당장은 그것보다 중요한 게 있어요."

"중요한 것?"

"그게 뭔지 말씀해 주시겠어요?"

"단 공자가 다음에 가게 될 영지에도 마교도들이 찾아올 가능성이에요."

마교도들이 의선문의 영지를 노린 것이 맞는다면 다른 영지도 노릴 가능성이 있다는 것이고, 영지를 찾아다녀야 하는 단사천이 마교를 만날 가능성이 무지하게 높아졌다는 의미이다.

거기까지 생각이 미친 단사천의 얼굴이 급격히 구겨졌다.

"설마 계속해서 만나게 될 가능성도……."

몸의 이상을 치료하기 위해 가는 길에 계속해서 습격을 걱정하지 않으면 안 된다는 사실은 단사천으로 하여금 몸의 이상을 무시하고 이대로 놔두는 것을 심각하게 고민하게 했지만 어디까지나 고민에서 끝났다.

대처할 수 없는 것보다는 이쪽이 더 상대하기 편하다. 그렇게 생각했기 때문이다.

"부정은 못 하겠네요. 어쩌면 이미 각 지역의 영지를 선점하고 있을지도 모를 일이고, 이번 여정은 상당히 고될 것 같네요."

이번 여정의 고됨보다 무설의 당당한 동행 선언에 단사천은 구겨진 얼굴 그대로 의아함을 드러냈다.

"따라올 생각이십니까?"

당장 의선문까지 따라온 것은 어떻게 '은혜 갚기'라는 명목 하에 간신히 이해가 가는 선이지만 거기까지다.

무엇보다 여기서부터는 마교도와 정면으로 부딪칠지도 모른다는 전제가 붙는다. 그럼에도 무설은 천연덕스럽게 대답했다.

"그럼 안 되나요?"

뭔가 잘못되었는지 묻는 그 물음에 바로 답을 못 한 것은 정말로 그렇게 생각하는 것이 느껴졌기 때문이다. 마치 식사 후 차를 마시는 것 같은 당연함에 말문이 막힌 것은 단사천 쪽이었다.

"안 되는 건 아닙니다만, 왜……?"

"어차피 태산이면 산동성이잖아요? 그대로 뱃길로 나가는 편이 본 문으로 돌아가기에 편하니까 가는 길까지 같이 가자는 것뿐인데 무슨 문제가 있나요, 단 공자?"

"동행하는 무사들의 의견은……."

"어차피 일행의 경로는 제가 결정해요. 그보다 무슨 문제가 있나요, 단 공자?"

"만약 은혜 때문이라면 이번 일로 충분합니다. 이제부터는 마교도와 엮이는 위험이……."

"본인이 그렇게 말하니 은혜 쪽은 넘어가겠어요. 저희 역시 마교에 빚진 게 있는데 마교도와 엮인다니 좋네요. 그럼 또 다른 문제가 있나요, 단 공자?"

"…없습니다."

"그럼 됐네요."

다른 이유를 꺼내봐야 지금처럼 계속해서 말이 되던 안 되던 밀어붙여 올 것이 분명했다.

지금까지 봐온 무설이라면 그것이 당연했고, 어쩔 수 없는 상황에 힘을 빼는 것은 본위가 아니었다.

"그럼 저는 가서 준비를 마저 끝내고 올게요."

몸을 돌려 문을 나서던 무설은 도중에 발을 멈추고 돌아보며 잊어버린 말을 전했다.

"아, 이번에도 야반도주하면……."

말꼬리를 흐리고는 그저 웃는 것으로 말을 대신한다. 무슨 말을 하려고 했는지 알 수 없지만 적어도 그 웃음이 그의 어머니 허씨가 자주 문제를 일으킨 하인들이나 청탁을 위해 찾아온 자들에게 짓는 그 웃음과 비슷하다는 것은 알 수 있었다.

"아무것도 아니에요, 단 공자"

보다 가벼워진 발걸음으로 사라지는 무설의 뒷모습을 쫓다가 문득 아버지 단리명을 떠올렸다.

내각대학사로서 황제의 총애를 받고 있고 하나같이 고관에 이른 동문수학한 사형제들과의 인연, 그리고 외가인 허가장과 조부인 단황윤이 강남 전역에서 가지는 위상과 명성을 기반으로 삼은 단리명은 분명 만인지상 일인지하의 여덟 글자가 어울리는 대명제국의 이인자라고 할 수 있는 사람이었지만, 집안에서도 이인자인 게 문제였다.

'…한 번도 어머니를 상대로 이기신 적이 없었지.'

단리명이 공처가이며 애처가라는 것도 있겠지만 그것 이상으로 허씨의 기세가 강하기에 그랬다.

이제는 시야 밖으로 사라진 무설에게서 그 당시의 어머니의 모습이 겹쳐 보였다.

평소 이상의 소란이 의선문을 채워 나갔다.

현백기의 호위 역인 금의위 오십여 명과 단사천 일행 이십여 명, 두 대의 마차와 다섯 대의 수레, 그리고 오십여 필의 말이 한 번에 만들어내는 소음은 전각을 수리하며 만들어내는 소음을 잠시나마 묻어버릴 정도였다.

"미안하네. 마음 같아서는 내가 직접 따라가고 싶네만… 어의라는 직책상 황궁을 비워둘 수는 없는 노릇이라 어쩔 수 없군."

서문은 황족의 건강을 책임지는 어의 중에서도 가장 뛰어나며 의원과 의녀를 총괄하는 수어의(首御醫)이다. 당연히 황궁에서 벗어나는 일엔 황제의 허락이 필요했다.

이렇게 오래 황궁을 비워놓는 것도 어의가 되고 처음 있는 일이었다.

"걱정하지 마세요, 할아버님. 대신 제가 가잖아요."

이게 전날 서이령이 담담히 태산을 간다고 말한 이유였다.

서문 대신이라는 명목이었다.

단순히 의술로만 놓고 본다면 그녀는 의선문 전체에서 중상 수준이었다.

하지만 의선의 손녀라는 이름값과 단사천 개인에 대한 은혜, 그리고 무엇보다 서문이 쌓아온 천심단과 관련된 이론을 서문 다음으로 잘 파악하고 있기에 선택된 인선이었다.

게다가 천 년이라는 세월을 살아온 영물 동흥왕 현백기가 동행한다. 이 정도 면면이라면 의선의 이름값을 대신하기에 충분했다.

"잘 부탁하겠습니다, 왕야."

서문은 경의를 담아 고개를 숙이며 말했지만 금의위 위사의 품에서 고개만 내밀고 있는 현백기의 모습은 왕이라는 직책에 어울리는 위엄보나는 귀여움이 넘쳤다.

　　"걱정 말고 가서 황제 놈 엉덩이에 침이나 놔주고 와라."

　　"하하……!"

　　어색한 웃음을 끝으로 일행은 출발했다.

三. 태산

예상대로 일정 자체는 순탄했다.

상당한 대인원이 겉으로 봐도 눈에 띄는 무장을 갖춘 상태이니 멀찍이서 관찰만 하다 도망가는 산적들이나 산짐승을 제외하면 신경 쓸 것도 없었다.

단사천은 사람이 많다는 건 편안하다는 사실을 새삼 느끼며 마차의 진동에 몸을 맡긴 채 앞에 앉은 두 사람을 보았다. 당연히 그 두 사람은 무설과 서이령이었고, 둘 모두 처음 출발 당시의 예상과는 조금 다른 모습을 보여주고 있었다.

"……"

아무런 말도 없이 그저 마차의 진폭에 몸을 맡기며 균형을 잡으려 노력하는 무설은 이 진동이 만들어낸 울렁거림 탓인지 눈에 초점도 없이 내공심법을 통해 속을 가라앉히고 있었다.

나름 귀한 집의 여식이고 말도 상당히 잘 타던 것으로 기억하기에 괜찮지 않을까 생각했지만, 말과 마차는 별개인지 상당히 약한 모습을 보여주고 있었다.

그와는 반대로 서이령은 마차의 덜컹거림이 익숙한지 책을 읽는 여유까지 보여주고 있다.

본인의 말로는 왕진을 가거나 어딘가 이동할 때면 말보다는 마차를 주로 이용했기에 어느새 익숙해졌다는 것이다.

"왜 그러십니까, 단 공자? 어디 불편하시기라도……?"

시선을 느꼈는지 무설과 서이령 모두 그에게 주의를 돌렸지만 말을 한 것은 서이령이었다. 무설은 여전히 속을 진정시키느라 정신없었고 그저 시선만 그에게 고정시켰을 뿐이다.

"아무것도 아닙니다. 그런데… 한 번쯤 쉬는 편이 낫지 않겠습니까?"

그렇게 말하며 여전히 옆에서 미동도 않고 있는 무설을 보았다. 곧이어 서이령의 시선도 옆으로 향했지만 역시 무설은 움직이지 않고 죽은 듯 내기를 다스리고 있을 뿐이다.

"저도 그렇게 생각은 하지만 지난 휴식 때 물어보니 거리가 애매해서 휴식 없이 목적지까지 간다고 들었습니다."

"아, 그렇군요."

무설의 무표정이 한층 어두워진 것 같은 느낌이 들었지만 그뿐이다.

일정을 조절하는 권한이 있다면 바로 뒤에 오는 마차에 잠들어 있을 현백기나 현백기의 침상 대신 사용되고 있지만 직위는 그다음으로 높고 일행을 전반적으로 통솔하는 금의위 천호 정도일 것이다. 적어도 이 마차의 삼 인에게는 해당 사항이 없었다.

"그래도 지난 휴식으로부터 벌써 두 시진이 넘었으니 곧 도착할 것 같습니다."

여전히 무표정인 상태였지만 이번에는 조금 밝아진 것 같은 무설의 얼굴을 보며 웃음을 삼켰다.

잠시 후, 서이령의 예상대로 마차가 멈춰 섰다. 마차가 정지하는 것을 기점으로 녹아내리듯 풀어지는 무설을 보며 다시 웃음을 삼키고 창을 열어 밖을 확인했다.

보이는 것은 이전과 같은 녹음이 우거진 숲 속이었다. 다만 더 이상 마차가 갈 수 있는 길이 존재하지 않는 차이가 있었다.

"이 앞은 마차로 오를 수 없는 곳이니 짐을 챙겨 내려주시기 바랍니다."

마부석에서 들리는 말에 반색하며 무설이 가장 먼저 내리고 그 뒤를 남은 둘이 따랐다. 마차에서 내리자마자 보이는 것은 하늘을 찌를 듯 솟아오른 태산의 절경이었다.

"그런데 괜찮으시겠습니까? 신체에 이상은 없다지만 내공의 대부분이 영기 묶인 상태라 체력적으로 힘들지도 모릅니다."

구름 너머로 잠긴 산을 보며 시선과 생각을 동시에 빼앗긴 단사천을 현실로 끌어내리는 서이령의 말이었다.

미려한 풍광에 취해 잠시 잊고 있던 것이지만 단사천의 현 상태는 정상이 아니었다. 신체적이라면 이전과 크게 차이가 없지만 내력에 문제가 있었다.

"확실히 따라가기 힘들지도 모르겠군요."

체력에는 자신이 있는 편이지만 단순히 자신감을 가지고 오를 만큼 만만한 산은 오악 중에 없었다.

서이령이 말했다.

"일단 말은 해놓겠습니다. 만약 도중에 힘들어지면 바로 말씀해 주시길."

조금 과한 부분도 있었지만 근간은 의원으로서 환자를 상대하는 걱정이다. 단사천은 그 외에도 무언가 섞여 있는 것 같았지만 측은지심이거나 은혜를 입은 탓이겠지 하며 곧 생각에서 지워냈다.

"정 안 될 것 같으면 저희 쪽 사람을 시켜서 업고 갈 수도 있으니 너무 걱정하지 마세요."

땅에 발을 딛고 회복한 것인지 그새 얼굴색이 돌아온 무설의 한마디가 따라붙었다. 여전히 짓궂음과 함께하는 호의였다.

"만약 그렇게 되면 부탁드립니다."

"아, 예."

무설의 어깨너머에 있는 그녀의 호위 겸 일행의 지휘자 역할을 하는 중년 무사에게 미리 인사를 해놓았다.

괜히 무리를 해가며 버틸 생각은 추호도 없었다. 이미 환자인데 더 몸을 혹사시켜 봐야 좋을 일은 없었다.

약간의 휴식 후 산에 오르기 전 몸을 풀며 상태를 점검했다.

'마차를 오래 타서 남은 피로는 좀 있지만 그걸 제외하면 괜찮네.'

신체의 중심이 되는 엉덩이 쪽 근육이 미묘하게 부자연스러운 정도이고 그 외의 다른 곳은 모두 괜찮았다.

평소라면 이 미묘한 부자연스러움을 풀어내기 위해 몇 시간이고 근육을 예열하며 준비운동으로 시간을 보내겠지만 이미 선두의 금의위들이 출발하고 있었다.

"천천히 따라가도록 하죠."

"예, 무리할 필요는 없습니다."

단사천의 좌우에 붙은 무설과 서이령은 양손의 꽃이라는 수식어가 어울리는 상황이지만 그 중심에 있는 단사천은 아무래도 좋았다.

당장 중요한 것은 산을 오르는 일이었다.

운해를 헤치고 허리 높이의 나무들 사이로 걸어나갔다. 점차 산 정상을 향해가며 부는 바람과 높이에서 오는 추위에 온도가 내려가지만 그것 이상의 추위가 느껴지고 있었다.

"…천호."

"전원 정지! 왕야, 도착했습니다."

오리무중이라는 고사가 어울리는 공간이었다.

태산의 한곳이라는 것은 의심할 여지가 없었지만 구름인지 안개인지 모를 것에 뒤덮여 당장 한 장(丈) 앞의 거리조차 확인할 수 없었다.

그때 정 천호의 품 안에서 자그마한 머리가 하나 튀어나와 킁킁댔다.

"그래도 다 왔네. 그런데 뭐냐, 이 잡스런 냄새는?"

잠에서 덜 깬 듯 힘던 눈에 힘이 담긴다. 코를 몇 번 킁킁거리던 현백기는 그대로 금의위 천호의 품에서 벗어나 땅에 내려섰다.

"뭔가 문제 있으십니까?"

어떻게 돌아가는 상황인지 알 수 없던 정 천호의 물음에는 혹시나 자신, 혹은 자신의 수하가 무언가 불경한 짓을 저지른 것인가 하는 걱정이 담겨 있었지만 현백기는 그에게 시선조차 주지 않은 채 안개 너머를 주시하고 있었다.

"이딴 진법이니 뭐니 장난질을 쳐놓으니 이런 지독한 냄새도 여태껏 못 맡았지!"

이빨을 드러내며 으르렁거리는 현백기가 피워 올리는 기세에 금의위들이 물러섰다. 천 년이라는 시간 동안 쌓은 수련의 증거는 주변에 무성하던 새하얀 구름과 안개를 걷어내는 바람을 불러일으키고 있었다.

바람이 지나가고 난 자리에는 또 다른 백색의 세계가 펼쳐져 있었다.

태양빛을 시리게 반사시키는 것은 눈이었다. 눈이 올 시기가 아님에도 나무와 땅을 뒤덮고 있는 눈과 얼음에서 비롯된 냉기가 그대로 일행을 덮쳐 왔다.

"왕야, 진법을 망가뜨리시면……."

금의위 위사의 말이 이어지지 못한 것은 현백기의 점차 흉포해지는 기세나 전신을 에워싸는 추위 때문이 아니었다.

냉기에 실려 함께 느껴지는 불쾌한 마기 때문이었다.

"제길, 거점에 있던 녀석들 생사 확인하고 진법이랑 기관 재가동할 준비해! 어서 움직여!"

금의위들은 명령에 일사불란하게 움직였다. 세세한 지시가 없었음에도 이미 익숙한 듯 삼삼오오 자신들의 할 일을 찾아 달렸다.

"왕야, 개인행동은 안 됩니다. 적어도 저와 함께 움직이십시오."

왕에게 일개 금의위인 천호가 명령하는 것은 있을 수 없는 일이었지만 현백기의 반발은 없었다. 오히려 곤두세운 털들을 가라앉히고 다시금 금의위의 머리 위에 올라 마치 사람처럼 균형을 유지하며 앉았다.

"비상시인 만큼 그쪽 분들도 명령에 따라줘야겠습니다."

나름 선 굵은 남성이며 황궁 무인 특유의 각과 날카로움도 머리 위에 얹은 귀여운 너구리 탓으로 긴장감과 위기감이 실종되는 모습이었지만 적어도 정 천호의 얼굴에는 비장함이 떠올라 있었다.

상당한 부조화였지만 그 부조화에도 웃는 사람이 없는 것은 앞으로의 상황에 대한 긴장감 때문이었다. 아직 주변에 남은 금의위 위사들의 경우에는 단순히 익숙해져 있을 뿐인 것도 같지만 적어도 단사천 일행은 그랬다.

"일단 움직여야겠습니다만, 괜찮겠습니까?"

정 천호가 단사천에게 물었다.

태산을 오르는 것만으로도 지쳤다고 해도 이상하지 않을

단사천의 상황에 대한 걱정이었고, 추위에 대한 걱정도 포함되어 있었다. 하지만 의외로 단사천은 멀쩡했다.

"예, 아직은 괜찮습니다."

호체보신결의 힘이었다. 지난 십 년, 단사천이 가장 중요시여기고 또 가장 많은 노력을 쏟은 무공을 꼽으라면 호체보신결 외에는 없을 것이다.

그 정도로 모든 무공의 근간이자 양생법의 총화라 할 수 있는 호체보신결에 단사천은 관심과 노력을 기울여 왔다.

그 노력은 성과로 나타났고, 성과는 내공의 대부분이 묶여사용할 수 없는 지금에 와서 빛을 발하고 있었다.

덕분에 주변 사람들은 아무렇지도 않은 단사천을 보면서그의 평소 단련의 정도와 방법에 대해 상당한 충격을 받고 있었다. 하지만 정작 본인은 그것보다는 다른 것에 정신이 팔려있었다.

'이젠 정말 굿이라도 해야 하는 것 아닐까.'

사방을 경계하며 그리 빠르지 않은 속도로 움직이는 일행사이에서 단사천이 심각한 얼굴로 고민하고 있는 것은 그것이었다.

도가의 일맥인 점창파에서 수학하고 있음에도 신선에 대한이야기나 도술에 대한 이야기는 믿지 않았다. 아니, 애초에 관심도 없었다.

그건 유학의 공부에서 비롯된 것도 있었고 그간 받아온 교육에서 비롯한 것도 있었지만 아무튼 굿이나 액땜 같은 민간의 무속신앙에는 눈길 한번 주지 않았다. 하지만 이만큼이나 불운이 겹친다면 누구라도 생각하게 될 것이다.

'옛 천자들도 기우제 같은 제사를 몇 번이나 지냈다고 하니 크게 도리에 어긋나는 일도 아니지.'

그런 상념은 현백기의 날카로운 경고음이 들리기 전까지 지속되었다.

눈 덮인 고개를 넘는 순간 현백기의 경고가 울려 퍼졌다. 곧바로 일행이 대열을 갖추자 기다렸다는 듯 일행이 온 방향을 제외한 나머지 세 방향에서 청색 무복을 입은 집단이 나타났다.

"오야, 바로바로 눈치채니 재미가 없구나. 거기 그 너구리가 말로만 듣던 이 영지의 관리자인가 보지?"

청의 무인들의 선두에 선 이는 그야말로 파랗다고 할 수 있는 자였다. 옅은 푸른빛의 피부와 남청색의 체모까지, 눈의 흰자를 제외하면 전신 파란색으로 뒤덮여 나이조차 측정할 수 없었다.

그런 사내의 모습은 기괴했고 동시에 너무나 유명했다.

"청면수라! 황실의 금지에 발을 들이다니 목숨 아까운 줄 모르는구나!"

청면수라라는 별호로 불린 사내는 단순히 무림인들 사이에서 경원시되는 정도가 아니라 황실과 관에서도 현상금을 내걸 정도로 악명 높은 마인이었다.

마교의 마인이라면 모두가 그렇지만 청면수라는 그중에서도 정도가 심각했다. 마공을 익히고 그것을 시험하기 위해 몇 개나 되는 화전민촌을 습격했고, 매번 생존자 서넛 정도만을 남기고 모조리 죽여 온 극악무도한 범죄자였다.

"또 뭔가 했더니 비단옷을 입고 다니는 황제의 개들이었구나! 그럼 더 할 말은 없지. 뒈져!"

이를 드러내며 웃는 그 모습은 기괴하기 짝이 없었다. 푸른 피부와 붉은 잇몸, 그리고 새하얀 이빨은 그야말로 수라의 모습이었다.

"좌우를 맡기겠습니다. 전원 전투 배치!"

금의위 위사들이 원진을 구성하고 정면으로 나섰다. 방패와 단검이 앞에 서고 그 뒤를 장도와 창이 받쳤다. 전형적인 병진이지만 구성원이 일류의 무위를 자랑하는 금의위이니 압박감이 달랐다.

그에 비해 달려드는 청의 무인들은 괴성과 함께 무질서하게 돌격을 감행했다. 하지만 그 압박감이 결코 금의위의 그것에 뒤지지 않았다.

"표(鏢)!"

전면에 선 십여 명의 병사가 방패 뒤에 숨겨놓은 작은 투창을 던지는 것으로 돌격의 기세를 죽이려 했지만 실패했다.

내공이 실린 창은 분명 바람을 가르며 상대에게 직격했지만 죽어 나자빠진 몇 명을 제외하면 발걸음을 멈추기는커녕 쓰러져 일어서지 못하는 아군을 짓밟고 나아갔다.

"버텨! 창 준비!"

최전방의 금의위들은 일제히 충격의 순간에 맞춰 디딤 발을 박아 넣고 앞으로 한 걸음 내디뎠다.

충격의 상쇄를 노리는 일격이며 상대가 돌격의 순간을 예상하는 것보다 반 박자 빠른 시점을 노리는 상당한 기술이었다. 하지만 그다음 열의 진입을 막을 수는 없었고, 그럴 필요도 없었다.

방패의 틈을 노리고 허공으로 몸을 날려오는 청의 무인들을 맞이하는 것은 그 뒤 열에 서 있던 장도와 창이었다.

칼날과 손잡이가 일 대 일 비율인 이 장도는 강호에서는 보기 힘든 물건이지만 군에서는 그 유용함을 인정받아 꽤나 오래전부터 사용된 무기였다.

청의 무인들은 익숙하지 않은 무기의 궤적에 자연히 밀려나갔다.

병진이라 함은 개개인의 실력이 약한 병사들로 구성되어도 그 강력함은 일류무사도 벗어나기 힘들 정도인데, 개개인이 일류에 이르는 무사가 병사들의 병진을 취한다면 어떠할 것인가?

마치 톱니바퀴처럼 맞물려 움직이는 병진은 무인들이 철저히 병사로서 움직이는 무서움을 볼 수 있는 기회였지만 그것을 볼 정도로 여유가 있는 사람은 없었다. 사방에서 덮쳐오는 청의 무인들을 상대하는 것만으로도 여유가 없었다.

"아가씨, 안쪽으로!"

"버티기만 해라! 처리는 우리가 한다!"

허씨를 따라온 단가의 무사들이나 패천방, 의선문의 무인들은 금의위의 그것처럼 일사불란한 군기는 없었지만 그래도 나름 잘 버텨내고 있었다.

평균적인 구성원의 무위나 합격의 익숙함은 분명 금의위가 우위에 있었지만 몇몇 절정고수의 존재에 힘입은 덕이었다.

세 단체의 무인들이 청의 무인들과 검을 섞으며 전선을 고착시키면 여유가 있는 패천방의 수위무사, 혹은 그들 이상의 고수인 현백기가 직접 움직여 적들을 물리쳤다.

단순하지만 효과적인 방법이었다. 점차 승기는 기울고 안정을 되찾을 수 있었다. 하지만 긴장을 풀 수는 없었다.

아직 청면수라가 움직이지 않고 있었기 때문이다.

정 천호와 현백기는 그를 주시하고 있었다. 이내 청면수라가 움직였다.

"혼천종에는 제대로 된 놈들이 없군. 하는 수 없지."

기괴한 청면에 웃음을 띠며 꺼내 든 것은 불길한 기운이 넘실거리는 통소였다. 그의 성명절기는 강철조차 찢어발기는 조법이었고, 음공과 관련된 이야기는 한 번도 들은 적이 없었다.

아니, 애초에 너무 거리가 멀었다. 저 거리에선 무엇을 하건 이쪽에 닿을 리가 없었다.

청면수라는 곧바로 통소를 불었지만 거기서는 아무런 소리도 나지 않았다.

현백기를 제외하면 누구도 그 소리를 들을 수 없었고 아무런 이상도 없었다. 애초에 인간이 들을 수 있는 영역의 음이 아니었다.

우오오오오오!!

하지만 그 대상이 되는 청의 무인들은 달랐다.

"뭐, 뭐야!"

"갑자기 힘이……!"

갑자기 청의 무인들을 상대하던 무사들이 일방적으로 밀리기 시작했다.

눈앞에서 검을 겨누던 자들이 갑작스레 전신에서 핏줄을 세우고 칠공에서는 피를 토하며 달려드는 모습은 괴기 그 자체였다. 더욱이 변화는 겉모습에 그치지 않고 보다 빠르고 보다 강해진 검격을 휘둘러 왔다.

"이놈! 사술을……."

"사술이라니? 엄연한 기술이지."

적의 주력이라 할 수 있는 청면수라가 움직이지 않고 있음에도 정 천호의 지휘가 더욱 바빠지고 때로는 파고드는 적을 직접 베어 넘겨야 할 정도가 되었다. 여전히 진형이 무너진 것은 아니지만 점차 균열이 생기고 있었다.

그리고 파국은 의선문이 맡은 방향에서부터 시작되었다.

패천방의 무사들은 금의위에 부족한 체계를 경험으로 보충했지만 의선문의 무사들은 체계는 물론이고 경험도 부족했다. 그렇다고 무위가 강한 것도 아니었기에 가장 먼저 한계를 보였다.

그나마 나름 무명을 떨친 두 명의 무사가 분투했지만 그게 한계였다.

길이 열리고 그 사이로 반쯤 괴물이 되어버린 청의 무인들이 비집고 들어가기까지는 그리 오래 걸리지 않았다.

누구도 도울 수 없는 상황. 정 천호는 청면수라를 견제하며 전면의 지휘에 집중하고 있었고 현백기와 패천방의 수위무사는 한창 적과 싸우는 도중이다.

"아가씨!"

"공자!"

무설의 실력은 후기지수라 불릴 만했다.

패천방의 엄선된 무사들과 직접 싸워도 크게 밀리지 않을 정도. 하지만 서이령과 단사천은 달랐다.

서이령은 무공보다 의술에 치중한 삶을 살았고, 그나마 배운 것도 호신술의 영역을 벗어나지 않았다. 그리고 단사천은 의선조차 손대지 못한 내상을 입은 상태. 그걸 알기에 현백기와 정 천호 등은 돌아가려 했지만 움직일 수 없었다.

어느새 다가온 청면수라가 그들의 정면에서 웃고 있었기 때문이다.

"늙은이들은 늙은이들끼리 놀아야지, 어디 젊은 친구들 노는 곳에 끼려고 그러나?"

이 대 일.

수적으로는 우세하지만 기세에 밀려 방어만 해나갈 뿐이다. 당장에라도 빠져나가려 하면 더욱 거세지는 청면수라의 공격을 막아내는 데 급급해 뒤를 돌아볼 여유도 가질 수 없었다.

걱정은 커져만 가고 점차 손발이 어지러워질 즈음 청면수라의 얼굴에 당황이 떠올랐다.

푸른 피부색 탓에 확인은 어려웠지만 분명 그것은 당황한 모습이었다.

*   *   *

무사들의 방어를 뚫고 들어온 청의 괴인들을 보며 무수한 생각이 떠오르지만 결국 할 수 있는 것이라고는 단 하나의 행동밖에 없었다.

허리의 검을 뽑고 내지른다.

지난 수 년 동안 무수히 덧그려온 궤적을 다시 한 번 그린다.

최단의 선, 최적의 선, 최고의 선.

비좁아진 혈도를 따라 한 줌의 내공이 달리고 아주 희미한 검은 기운이 검의 궤적을 허공에 남겼다. 그리고 검은 공기를 가르고 소리를 가르며 내달렸다.

그 검은 무거웠다.

마치 물속에서 납덩이를 휘두르는 것처럼 무거운 검을 쥐어짜듯 휘둘렀다. 그리고 검이 가속했다. 검을 내지른 단사천마저 스스로에게 놀랄 정도의 속도였다.

그렇게 스스로에게 놀라며 평정이 흐트러지자 마치 멈춰진 것 같던 세계가 움직이기 시작했다.

파아앙!

북이 찢어지는 것 같은 커다란 소음이 울려 퍼지며 검격의 대상이던 청의 괴인이 검로에 따라 몸이 찢겨 피를 흩뿌리며 쓰러졌다.

무광검도의 두 번째 단계 무음(無音)이었다.

영기에 의해 비좁아진 통로에 평소 사용하던 수준의 내공을 밀어 넣어 생긴 압력, 그리고 그간 수없이 덧그려온 최적의 검로가 만들어낸 것은 소리보다 빠른 검이었다.

책에 나온 대오각성 같은 특별한 깨달음 없이 그저 당연하다는 듯 벽을 넘은 데다가 본래 무양자가 추구한 무광검도의 의도와는 상당히 달라진 과정이었지만 그 결과만큼은 확실했다.

"단 공자, 괜찮아요? 무리한 거 아니에요?"

"내상은 괜찮으십니까?"

바로 달려온 둘의 걱정처럼 단사천은 무리한 적이 없었다.

물론 처음에는 무리를 감수하고서라도 당장의 위험을 떨쳐낼 생각이었지만 정작 결과적으로 지금 그의 몸 상태는 영지 내부로 들어설 때와 크게 다르지 않았다.

영기가 혈도에서 굳어진 덕분에 강한 압력으로 혈도를 지나간 내공에도 혈도는 상처 하나 입지 않았다. 그리고 그 덕에 내공의 전달은 더욱 빨라졌고 검에 실리는 속도도 한층 배속했다.

마치 물이 좁은 관을 통과하며 수압을 더욱 강하게 하는 것과 비슷한 현상이었다. 즉 아무런 손해도 없이 더 적은 내공으로 더 뛰어난 결과를 이뤄낸 셈이지만 주변에 있던 둘에게는 어떻게 봐도 무리하는 것으로 보였다.

며칠 전까지 침상에 누워 일어나지도 못하던 단사천이다. 당연한 걱정이고 당연한 반응이었다.

"괜찮습니다."

단사천은 그 한마디만을 남기고 서이령과 무설의 사이를 통해 비치는 또 다른 청의 괴인을 향해 검을 내뻗었다. 방금과 같은 식으로 단전에서 혈도로 내공을 밀어 넣었다.

내공은 거침없이 달려 손끝에 이르고 눈을 깜빡일 수도 없을 단 한 순간에 검은 복잡한 궤도를 그리며 청의 괴인을 지나쳤다.

"……!"

사람의 목소리라고 믿기 힘든 괴음과 계속해서 몰려드는 적들.

서이령과 무설도 당혹감을 추스르고 사방을 살폈다.

이미 의선문이 맡은 방향은 너덜너덜한 채 겨우 적들을 막고 있었고, 패천방이 맡은 방면도 한계에 달했다. 금의위는 그나마 나은 편이었지만 역시 여유는 없었다.

"어딜 가느냐!"

"시끄럽다! 너희는 그놈들이랑 놀고 있어!"

그리고 여유가 없는 것은 단사천도 마찬가지였다. 현백기를 떨쳐낸 청면수라가 방어진의 내부로 들어온 탓이다.

"뭐냐, 네놈은?"

당장 움직일 생각은 없는 듯 보였지만 그래도 뿜어져 나오는 위압감은 지금까지 벤 청의 무인들이나 전에 만난 흑의인들과는 비교를 불허하는 수준이었다.

굳이 따지자면 무설을 구하며 본 흑의인들의 대장과 비슷한 정도? 어쩌면 그 이상일지도 몰랐다.

아무리 검법을 펼치는 데 지장은 없고 조금 더 발전했다고는 하지만 완전하지 않은 몸 상태로 맞선다면 크게 다치는 것을 피할 수 없을 것 같았다.

그 긴장감에 청면수라의 물음에 답하지 못하고 그저 기수식만을 취했을 뿐이다.

"단씨 성을 쓰는 놈 중에 이런 검법을 쓰는 놈은 없는 것 같은데…… 설마 흑검이랑 싸웠던 놈이냐?"

흑검이라는 이름을 알지는 못하지만 떠오르는 것은 단 한 사람이다. 무설과 만난 그때의 괴인이다.

"맞나 보군. 하! 귀독 그놈도 일 못하기는 똑같군. 혈교나 혼천종이나 제대로 하는 놈이 없어."

거기까지 말한 청면수라는 예의 기괴한 웃음을 지어 보이며 짙은 남청색의 손을 내밀어왔다. 작금의 청면수라라는 악명을 있게 만든 수라문의 마공 중 하나인 청혈강조(淸血强爪)이다.

"어디 한 번 보여다오, 귀독 놈과 흑검 녀석을 망신시킨 그 검을."

내뻗어오는 손은 빠르지 않았다. 앞선 청의 무인들에 비하면 빨랐지만 그래봐야 반배도 안 되는 속도였다.

한 점으로 집중한 정신을 통해 보는 세상에서는 여전히 멈춘 것과 다름없는 모습이었다.

그렇다면 해야 할 일은 똑같았다. 선을 덧그린다. 가장 효과적인 선을 찾아내고 가장 빠른 선을 고른다. 상대는 반응하지 못하고 검은 푸른 피부에 검이 닿는다.

카앙!

하지만 뒤이어 손에 느껴지는 것은 살을 베는 기분 나쁜 감촉이 아니라 충격이었다. 마치 쇳덩이를 자르다 실패한 것 같은 통증이 손아귀를 타고 흘렀다.

"오오, 확실히 빠르구나!"

당황한 탓에 반응이 늦었지만 검격이 손의 궤적을 비껴낸 덕에 간신히 그 손을 피하고 거리를 다시 벌린다. 하지만 도망갈 길은 없었다. 애초에 사방은 막혀 있는 것과 다를 바 없었고, 서이령과 무설을 신경 쓰지 않으면 안 됐다.

겨우 검을 휘두를 거리를 만들어낸 것에 만족해야 했다.

"하지만 가벼워! 그런 가벼운 검으로는 이 몸의 청혈강마공(淸血强魔功)을 뚫을 수 없다!"

쿠웅!

무거운 진각과 함께 내뻗어오는 손아귀는 정직하지만 방금보다도 더한 거력이 담겨 있었다. 속도는 그다지 빨라지지 않았는데, 그나마 긍정적인 부분은 그것밖에 없었다.

'…열한 번 정도인가.'

기껏해야 반 장 정도의 거리. 상대가 거리를 좁혀오고 있는 동안 단사천이 내지를 수 있는 검격의 숫자이다.

'하늘? 아니, 땅 쪽으로.'

결정을 내리고 곧바로 움직였다. 좌상에서 우하로, 그대로 우하에서 들어 올리며 그어내고 다시 직하로 떨어지며 내려쳤다.

일격 일격이 쌓일 때마다 맹금의 발톱처럼 내뻗어오던 손의 궤적이 흐트러졌다. 하지만 완전하지는 않았다.

아무리 빨라졌다고는 해도 절대적인 무게를 만들어낼 내공이 부족했다. 나름 단련된 신체로 보충한다지만 역시 내공을 대신할 수는 없었다.

'부족해.'

이미 궤도는 꽤나 흐트러트렸다. 몸을 약간만 피하면 공격권에서는 벗어난다. 하지만 그래서는 한계가 있다. 전체적인 상황이 안 좋은 방향으로 흐르고 있는 상황에서 현상 유지가 한계라는 것은 좋지 않았다.

"듣기로는 이것보다는 좀 더 대단하다고 들었는데……. 아,

그래도 귀독 놈이 완전히 실패한 건 아닌가?"

명검에 속도를 더했음에도 내공이 실리지 않은 탓에 피부를 자르는 것에 만족해야 했다. 그걸 재차 확인한 청면수라의 얼굴에 다시 기괴한 웃음이 걸렸다.

한 걸음 더 다가오며 다시 손을 내뻗었다. 이번에는 양손이다. 단순히 힘으로 밀어붙이는 투박한 방식이지만 그걸 상대해야 하는 단사천에게는 강한 압박으로 다가왔다.

동선이 늘고 검에 실리는 충격이 늘었다. 또한 강제로 쥐어짜다시피 움직이기에 팔다리에서 날카로운 고통이 올라오고 있었다.

그럼에도 멈출 수는 없기에 검을 베어갔다. 전보다 두 번더 많은 열세 번의 검격이지만 안타깝게도 힘이 부족했다.

멈춰진 세계 안에서 조금씩 다가오는 청면수라의 손.

피해 벗어나려 하지만 단사천의 다리는 손만큼 빠르지 않았다. 결국 잡힐 수밖에 없는 거리가 되었고, 단사천은 고통을 각오하면서 충격에 대비했다.

그리고 충격은 오지 않았다.

"이 망할 퍼렁이가아아아!"

괴성을 지르며 허공에서 새하얀 털 뭉치가 떨어져 내린다. 그저 커다란 눈송이 같은 모습이지만 불쑥 튀어나온 네 발의 발톱은 단사천의 검을 튕겨내던 청면수라의 팔을 찢어냈다.

"크윽! 이 짐승 놈이!"

큰 상처는 아니었다. 기껏해야 피부에 약간 깊이 파고든 발톱이었을 뿐이다. 만약 기습에 대한 대처가 늦었다면 중상이었을지도 모르지만 결과적으로 남은 것은 별것 아닌 경상이다.

새하얀 너구리가 짧은 팔로 팔짱을 끼며 두 발로 섰다.

"남의 영역에 기어들어 온 주제에 멀쩡히 나갈 거라고 생각했던 거냐? 망할 퍼랭이!"

단사천의 머리에 올라선 현백기는 짐짓 강한 척을 하며 기세를 돋우고 있었지만 기습의 실패에 대한 부담을 가지고 있었다.

현백기의 수련은 스스로의 완성을 위한 수양이다. 모자란 것을 끌어올리고 중구난방으로 뻗은 스스로를 갈고닦아 더 높은 곳을 추구하는 수련이었기에 무력적인 부분에서는 인간들의 무공에 비해 손색이 있었다.

그에 비해 청면수라와 같은 마인들이 익히는 마공은 싸우는 데 필요한 것들을 제외하고 나머지를 잘라내는 방식의 수련이다. 당연히 따라오는 부작용에도 신경 쓰지 않고 오로지 강함만을 추구한다. 수련 기간에 비해 강한 힘을 손에 넣을 수 있는 이유였다. 그래서 현백기는 그 무력적 격차를 줄이기 위해 기습을 선택했다.

지닌 바 능력을 모두 발휘한다면 한순간의 기회를 잡을 수 있다고 봤으니까. 하지만 어째서인지 눈앞에서 단사천이 죽는다는 사실을 받아들이지 못하고 중간에 끼어들어 버렸다.

결국 기습은 실패했고, 남은 것은 정면 대결로 이긴다는 희박한 가능성의 선택지 하나만이 남았다.

"감사합니다, 왕야."

"알면 됐다."

단사천의 위기를 타파하겠다는 행동이기는 했지만 그 뒤를 생각하지 않은 충동적인 행동이었다. 퉁명스런 대답 뒤에는 긴장이 숨어 있었다.

"뭐 좋다. 한 번에 죽여주마!"

고함과 함께 달려드는 청면수라의 기세는 전보다 더욱 크게 피어오르고 있었다.

고양된 감정과 함께 더욱 커진 기세는 보다 빠르고 강해진 육신이 되어 달려들었다. 마공다운 모습이다. 후유증이 남을 격렬한 기의 운용이었지만 적어도 이 자리에서 저것을 막아낼 자는 존재하지 않을 것 같았다.

하지만 멈추었다.

피가 흩날린다.

"크아아아악—!"

청면수라는 뛰어들던 속도보다 빠르게 팔을 회수하며 고통에 찬 비명을 내질러야 했다.

단사천의 검집에서 시작된 검은 궤적이 현백기가 만들어낸 청면수라의 오른손 상처에 연결되고 그 뒤를 파공성과 핏물이 뒤따랐다.

움직이고 있는 무공 고수의 팔에 생긴 상처를 노리는, 믿을 수 없도록 빠르고 정확하기 그지없는 공격이었다. 극한의 집중을 유지하는 단사천이기에 가능했다.

'간신히 됐나.'

청면수라의 외공은 강한 힘을 동반하지 않고는 뚫을 수 없었다.

내공의 태반을 사용할 수 없는 현재의 단사천에게 있어서 청면수라의 방어는 난공불락의 요새와 같았지만 현백기가 만들어낸 그 상처들은 요새를 무너뜨릴 기점이 되었다. 그곳을 노린다면 승산이 없지는 않았다.

"이 어린놈이이이이!"

다섯 곳의 상처는 최초의 생채기에서 더 나아가 이제는 무시하지 못할 정도의 상처가 되었다. 마치 호랑이나 표범의 발톱에 찢긴 듯 크고 거칠게 피부와 근육이 잘려 나갔다.

푸른 피부 위로 붉은 피가 흘러내린다.

"백 년도 못 살아본 놈이 어디서 나이 타령이냐!"

물러나는 청면수라를 따라 현백기가 쫓아갔지만 상처를 입는 것을 경계한 청면수라의 신경질적인 장력에 의해 별다른 소득 없이 다시 단사천의 머리로 돌아왔다. 그리고 그걸 보고 있던 주변의 기세가 일변했다.

갑작스럽게 진행되기는 했지만 양측의 최대 전력이 맞붙는 대장전이나 마찬가지인 상황이다. 청의 무인들이나 단사천 일행이나 알게 모르게 그들에게 주의를 기울이고 있었다. 그리고 이곳에서는 맞상대할 자가 없다는 것을 증명하듯 시종일관 우세를 점하던 청면수라가 상당한 상처를 입고 물러났다.

흐름이 변할 수밖에 없는 요소였다.

"뭘 멍하니 있는 거냐! 죽던지 죽이던지 어서 해!"

압도적으로 유리하던 강자의 위치에서 동격으로 끌어내려진 것에 충격을 받은 것인지 방금 전까지의 여유는 이미 사라진 청면수라는 발작적으로 외쳤다. 그리고 그 외침에 다시 청의 무인들의 공세에 힘이 실렸다.

하지만 전처럼 일방적으로 밀리지는 않았다. 당장 저들의 우두머리인 청면수라는 피를 흘리며 여유를 잃고 있고, 그를 상대하는 단사천과 현백기는 상처는커녕 그다지 지친 것 같지도 않았다.

패천방과 의선문, 금의위의 무사들도 조금만 더 버틴다면 상황을 바꿀 수 있다는 생각을 하게 된 탓에 다시금 기세를 끌어올렸다.

"너희는 내가 죽인다."

점차 고조되는 주변을 보며 다시 진정한 것인지 청면수라가 현백기와 단사천을 똑바로 노려보며 조용히 전의를 불태웠다.

"잘도 그러겠구나, 어린 퍼렁아."

"왕야, 너무 그러시면……."

현백기의 조롱과 작은 소리로 이어진 단사천의 걱정이었지만 말이 끝나기도 전에 청면수라가 움직였다.

"죽던지 죽이던지 해보자, 짐승. 그리고 도사 놈!"

말은 그렇게 하면서도 이전과 다를 바 없는 형태로 달려오는 청면수라에 현백기가 코웃음 치며 앞으로 나섰다. 단사천이 공격할 수 있는 상처를 만들기 위해 먼저 움직인 것이었다.

내뻗은 팔을 타고 발톱으로 긴 상흔을 만들어냈다.

피부에서부터 느껴지는 반탄력에 깊은 상처를 만들지는 못했지만 이후 단사천의 검이 들어갈 길을 만들었다는 점에서 현백기의 의도는 성공적이었다.

다만 청면수라의 팔을 타고 넘으며 현백기는 한 가지 이상함을 느꼈지만 그런 생각을 할 시간도 없이 다른 손이 현백기를 쫓기 위해 다가와 자리를 이탈해야 했다.

'그래도 상처는 꽤 크니 이번에는 제대로 중상을 입히겠지.'

단사천의 쾌검은 진짜다. 여태까지 봐온 어떤 것보다도 빨랐다. 조금 무게가 가볍지만 내상을 생각하면 오히려 대단한 편이었다.

그래서 현백기는 낙관했지만, 그것은 조금 빨랐다.

검은 궤적이 내달린다.

여전히 청면수라는 검격에 반응하지 못하고 상처 부위를 내주었다. 거기까지는 다르지 않았다. 하지만 단 하나가 달라졌다. 청면수라의 마음가짐이었다.

"간지럽지도 않다!"

근육을 가르고 뼈에 검날이 닿았음에도 멈추지 않았다. 격통이 몰려옴에도 멈추지 않았다. 재차 한 걸음 앞으로 검의 사정거리를 지나치기 위해 달려들었다.

청면수라라는 별호의 의미를 보여주듯 그야말로 수라와 같은 모습에 현백기가 경악하며 청면수라의 등 뒤로 따라붙었다. 그리고 공격을 멈추기 위해 발톱과 이빨을 등과 어깨에 박아 넣으며 단사천에게 시선을 향했다.

당황하고 있는지, 아니면 상황을 인지하고 피하고 있는지 그걸 확인하기 위한 시선이었지만 단사천은 차갑게 가라앉은 눈으로 청면수라를 베어가고 있을 뿐이었다.

그리고 다음 순간 현백기는 보았다.

일격이 아니었다.

무수히 겹쳐진 초속의 참격은 마치 일격처럼 보였지만, 셀 수도 없는 수많은 참격이었다.

뼈가 보일 정도이던 손 하나가 잘려 나갔다. 마치 톱날로 뜯어낸 것 같은 지저분한 단면이 그 한순간에 수를 셀 수 없는 참격을 증명했다.

그건 섣불리 움직여서는 상황을 타개할 수 없다는 계산과 스스로의 안전을 위한 최선의 선택 사이에서 나온 움직임이었고, 현백기처럼 청면수라의 분노를 경시하지 않은 단사천의 냉정함이 빚어낸 결과였다.

그리고 손 하나가 사라지며 만들어진 안전지대로 단사천이 몸을 피하고 이번에는 방금 현백기가 만들어낸 또 다른 상처를 헤집었다.

청면수라가 무너진 자세를 잡기도 전에 상처는 손가락이 들어갈 정도로 깊어지고 넓어졌다.

청면수라도 당하고 있지만은 않았다. 일부러 자세를 뒤틀어 등 뒤에 매달린 현백기를 검의 궤도로 밀어 넣었다. 결국 검은 멈추고 현백기는 등에서 떨어졌다.

다시 대치 상태가 되었지만 이제 형세가 뒤바뀌었다. 필사의 특공 끝에 남은 것은 무참히 찢겨나간 팔 하나와 시야가 흐려질 정도의 현기증을 불러일으키는 막대한 출혈, 그리고 청혈강마공의 기운이 흩어지며 만들어진 내상이 전부였다.

"썩을……."

잘려 나간 팔을 내려다보는 청면수라의 얼굴에는 방금까지의 들끓던 감정이 거짓인 양 모두 사라져 있었다.

그가 보이는 무심함에 현백기는 속았음을 깨달았다.

인간만큼 다양한 감정에 익숙하지 않은 현백기이기에 냉정함을 잃고 막무가내가 되었다고 생각했지만 실상은 상처를 계산한 맹공이었다. 단사천의 검이 예상 이상이 아니었다면 분명 그대로 죽었으리라.

하지만 어찌 되었든 결과적으로 청면수라의 노림수는 실패했고 전세는 확연히 기울었다. 남은 것은 일행이 버티는 사이 청면수라를 완전히 처리하고 가세하는 것뿐이었지만 청면수라는 그냥 보내줄 마음이 없는 듯 음침한 괴소와 함께 기세를 피워 올렸다.

"흐으으, 귀독 놈 욕할 처지가 못 되는군. 뭐 그래도 혼자는 못 간다. 각오해라, 어린 도사 놈."

이번에야말로 목숨을 도외시한 공격이다. 누구라도 그걸 알 수 있었다.

처음부터 방어에는 크게 신경을 쓰지 않던 청면수라였지만 이제는 아예 상대가 충분히 공략할 수 있는 상처들에 대한 신경마저 쓰지 않고 오로지 동귀어진이라는 결과만을 노린 채 달려들고 있었다.

절정 이상의 무인이 목숨을 도외시하고 전력을 다해 달려
드는 그 모습은 악몽과도 같았지만 그야말로 악몽과 같이 한
순간에 끝을 고했다.

무광검도(無光劍道) 무음검(無音劍).
수적석천(水滴石穿).

초식이라고 부르기는 애매했다. 형태도 없이 그저 일점을
목표로 무수한 참격을 뻗어갈 뿐이니까.

각 참격이 목표에 도달하기 위한 최적의 경로를 따르고 최
단의 거리를 최고의 속도로 움직이기는 하지만 복잡한 무리라
고는 찾아볼 수 없는 난잡한 칼질이나 다름없었다. 그렇지만
그렇기에 쉼 없이 떨어지는 무심한 물방울은 단단한 바위조
차 꿰뚫는다는 네 글자의 어구가 더없이 어울렸다.

현백기의 발톱이 청면수라의 목덜미에 만든 상처가 수십 번
의 검격에 의해 찢기고 도려내어진다.

팔뚝부터 잘려 나간 팔을 들어 검을 막아서지만 이미 깨져
버린 청혈강조의 외공 없이는 그저 푸른 칠을 해놓은 팔에 지
나지 않은 팔은 단 두 번의 검격도 버티지 못하고 길을 내어
줬고, 결국 거리를 채 반도 줄이기 전에 목이 떨어졌다.

의지를 잃어버린 육신은 남은 거리의 절반을 더 내달리다

가 스스로 고꾸라져 쓰러졌다. 한때 천하에 악명 높던 마인이라고 생각할 수 없는 초라한 최후였다.

떨어져 나간 목과 피를 뿜으며 쓰러지는 몸. 무인에게 어울린다면 어울리는 최후였지만 그뿐이었다.

청면수라가 쓰러지자 주변을 가득 메우고 있던 마인들 사이에서 소리 없이 경악이 퍼져 나갔지만 그것이 끝이었다.

전황을 결정짓는 결투라고 할지라도 싸움 자체는 끝나지 않았기에 쓰러져 움직일 수 없는 청면수라를 신경 쓰는 자는 없었다.

목이 떨어지고 수 초간 단사천의 뒤를 쫓던 눈이 감겼다.

四. 길의

싸움이 끝나고 대부분의 인원은 그 자리에서 상처를 돌보느라 멈춰야 했지만 몇 명의 인원은 계속해서 영지의 중심을 향해 나아갔다.

　청의 무인들의 마지막 저항을 마무리 짓고 얼마 지나지 않아 갑자기 달려 나간 현백기 때문이었는데, 그나마 멀쩡한 단사천이 가장 먼저 움직였고 그 뒤를 따라 정 천호가 움직였다.

　"왕야, 아직 혼자 움직이시면 안 됩니다!"

　정 천호가 외쳤지만 현백기는 발을 멈추지 않았다. 다행히 얼마 지나지 않아 목적지에 도착했고, 걱정하던 잔당의 습격도 없었지만 거기서 기다리는 것은 영지의 축이 되는 빙정의 잔해였다.

"비, 빙정이……!"

가장 먼저 말을 꺼낸 것은 정 천호였다. 상황을 아직 모르는 단사천은 그저 영기의 흐름 사이에 끼어든 마기와 사기에 눈살을 찌푸릴 뿐이었지만 당사자인 현백기는 오히려 차분한 얼굴로 빙정 인근을 확인하고 있었다.

"왕야, 이걸 어떻게 해야……"

이곳 태산의 영지는 단순한 영지가 아니엇다. 황실에서 직접적으로 관리하는 지역이며 동시에 빙정의 힘을 빌려 각종 영약 따위를 보존하고 있는 창고 역할도 하고 있었다.

개중에는 빙정의 힘을 빌리지 않고서는 채 몇 개월도 보존할 수 없는 것들도 있었기에 그의 얼굴에는 충격이 가득했다.

"놔두면 알아서 복구되니까 걱정 안 해도 괜찮아. 원래 있던 빙정의 냉기가 다 사라지기 전에 새 빙정이 만들어질 정도로 영기가 고일 테니까. 다만 남의 집을 이따위로 망가뜨려 놓은 놈들을 이대로는 못 놔두겠다."

"어쩌실 생각입니까?"

"그놈들이 뭘 꾸미는지는 모르겠지만 나도 그걸 망쳐놔야 속이 좀 풀리겠다."

감정이 실린 말이 허탈한 의문에 답하는 것으로 정 천호의 고개가 다시 한 번 떨어졌다.

망가진 진법과 기관의 수리에 대한 것, 영지를 제대로 지키지 못했다는 문책, 또 어딘가로 돌아다니겠다는 현백기의 선언까지 무엇 하나 그의 머릿속을 뒤엎지 않는 것이 없었다.

그렇게 한 짐승과 한 사람이 분노와 체념에 몸을 맡기고 있을 때 영기의 흐름이 바뀌었다. 둘은 이유를 모르고 있었지만 남은 한 사람, 단사천은 그 흐름에서 익숙함을 느꼈다. 마치 의선문에서 느낀 것 같은 흐름이었다.

그를 노리고 몰려든다는 점에서는 같았지만 단 하나, 차이점이 있었다.

영지에서 휘몰아치던 기의 대부분이 빙정의 잔해 쪽에서 움직이지 않은 탓인지 그야말로 폭주라고 할 수 있던 그때와는 달리 느리고 부드러운 흐름이었다.

영기는 그대로 단사천의 몸을 휘감고 내부에 있는 영기를 자극해 비좁은 혈도를 타고 마치 빗물이 메마른 땅에 스며들 듯 굳어버린 영기 사이로 섞여 들어갔다.

혈도를 타고 흐르는 영기는 마치 강물이 물길을 깎아내듯 혈도에서 굳어져 버린 영기를 조금씩 풀어내었고, 종국에는 아홉 개의 영기 덩어리 중에 두 개를 흩어내었다.

문제라면 그 대부분이 다시 남은 일곱 개의 영기 덩어리가 만들어낸 인력에 의해 끌려가 더 커다란 덩어리를 이뤘다는 점이지만 처음 영기를 받아들였을 때에 비하면 그야말로 순탄하기 그지없는 과정이었다.

단사천이 눈을 뜨자 현백기가 그를 바라보고 있다.

"꼴을 보니 대충 정리는 된 모양이구나."

체감상으로는 그리 길지 않았지만 이미 하늘은 산 너머로 저물어가고 있는 노을로 물들어 있었다.

앞에는 무사 몇 명과 현백기가 서 있었는데 아마 갑작스레 운기조식에 들어간 단사천의 호법을 서준 듯했다.

"일어났으면 어서 가자. 해지겠다."

인사를 하기 위해 자세를 잡으려던 단사천이었지만 머리 위에 자리 잡은 현백기에 의해 어정쩡한 자세에서 굳을 수밖에 없었다.

하지만 이내 재촉하듯 뒤통수를 때리는 꼬리에 속으로 한숨을 내쉬고 발걸음을 옮겼다.

걸으며 내부를 관조했다. 진기와 영기를 확인하니 이전과 상당히 달라진 것들을 발견할 수 있었다.

아홉 개에서 일곱 개로 줄어든 영기의 덩어리는 이미 알고 있었지만 이전의 단단함보다는 조금 느슨해진 느낌이 있었고, 무엇보다 전신의 대맥을 타고 흐르는 영기가 있었다.

다만 그것은 계속해서 흐르기만 할 뿐, 굳어 있는 영기의 덩어리와 마찬가지로 의지에 따라 움직여 주지는 않았다. 마치 자신의 신체라는 토지 위에 솟아난 산과 그 주변으로 흐르는 강물 같은 느낌이다.

'천심단과 여의주라……'

신체 내부에서 일어나는 변화를 느끼며 의선 서문과 현백기가 한 말을 떠올렸다. 그리고 약간이나마 그 실체를 체감했다. 그렇기에 서문이 말한 천심단과 현백기가 말한 여의주의 모습을 예상할 수 있었다.

인간의 신체를 소우주라고 하는 것과 비슷했다. 조금 다른 점이라면 물질과 형태가 아닌 만물의 근간인 기만으로 완결성을 내포한 작은 세계를 만들어내는 것이다.

그리고 그 작은 세계를 의지대로 움직이는 것, 그것이야말로 천심(天心)이고 여의(如意)였다.

그 상념을 마지막으로 관조를 끝내자 어슴푸레한 어둠 너머로 목적지가 보였다.

*　　　*　　　*

영지를 숨기는 진과 기관의 조정을 위해 세워진 곳이자 상주하는 위사들의 숙식을 위한 시설이기도 한 오두막은 바로 앞에 펼쳐진 설원과는 반대로 온화한 기운을 품고 있었다.

"오, 젊은 협객이 왔군."

오두막 문을 열자마자 그 앞에 나타난 것은 먼저 복귀해 상처를 치료받고 있는 정 천호였다. 목 아래로 빼곡히 붕대를 감고 있는 모습이지만 웃으며 단사천의 어깨를 두드리는 것을 보니 보이는 것만큼 중상은 아닌 듯싶었다.

"젊은 나이에 대단하군. 대학사님만 아니었다면 금의위로 채용하고 싶을 정도야!"

"그 정도는 아닙니다. 금의위라니, 아직 멀었습니다."

겸손의 말에 정 천호는 짓궂은 웃음을 지어 보이며 작은 목소리로 말했다.

"하긴 대학사 영감께 황상에 대한 이야기를 듣고 자랐을 테니 금의위가 싫을 만도 하지. 이해할 수 있네."

누군가 듣는다면 불경죄로 잡혀갈 말을 태연히 하고 있는 정 천호를 앞두고 단사천은 당황했지만 정 천호는 웃음을 거둘 생각이 없어 보였다.

"장난은 여기까지 하고 인사를 해야겠지? 덕분에 목숨을 건졌어. 감사하네."

웃음을 멈춘 정 천호는 그렇게 말하며 고개를 숙였다. 금의위는 황제 이외에는 고개를 숙이지 않는다고들 하지만 생명의 은인에게까지 목을 꼿꼿이 세울 정도는 아니었다.

"아닙니다! 고개를……."

"자네가 아니었다면 내 무능으로 더 많은 부하를 잃어야 했겠지. 정말 고맙게 생각하네."

감사 인사를 받는 단사천 쪽은 당황하고 있었지만 정 천호는 고개를 들 생각이 없는 것 같았다. 어찌해야 할 바를 모르고 당황하고 있는 단사천이었지만 머리 위에 있던 현백기는 아무렇지도 않게 단사천의 정수리에서 정 천호의 뒤통수로 환승했다.

"억! 왕야?! 저 잠시… 지금……!"

정 천호는 갑작스레 머리에 가해진 충격과 무게감에 당황하다 현백기의 존재를 떠올리고는 그대로 굳어버리고 말았다.

이대로 고개를 든다고 해서 어디 다칠 현백기는 아니었지만 엄연한 왕을 상대로 함부로 움직일 수 없는 정 천호는 허둥대는 그 자세에서 더 움직일 수 없었다.

"됐고, 넌 나랑 잠깐 애기 좀 하자. 아깐 까먹고 있었는데 이 녀석 봐주다가 생각났다. 너, 내가 없는 동안 영지는 걱정 말라더니 이 꼴을 해놔?"

"그, 그게 설마 진법을 뚫고 들어올 정도로 적들이……."

침입을 허용하고 빙정이 망가질 정도로 피해를 입기는 했지만 평시의 두 배 이상의 병력을 배치하고 진법과 기관도 한 단계 이상 높은 수준으로 유지했다. 마인들의 전력이 너무 강했던 것이지 정 천호가 한 조치는 상식선에서 판단하기엔 충분한 대비였다. 하지만 현백기에게 그런 것은 고려대상이 아니었다.

"변명은 죄악이라는 걸 모르나?"

현백기는 그렇게 말하며 정 천호의 머리털을 움켜쥐었다.

"아악! 머리는 봐주십시오! 안 그래도 요즘 탈모 증세가 있단 말입니다!"

정 천호는 머리털이 잡히자 영지에 침입자가 있다는 걸 알았을 때와 같은 수준으로 당황하며 현백기의 인도에 따라 구석으로 끌려갔고, 정 천호가 사라진 자리에는 서이령은 불퉁한 표정을 하고 있다.

"너무 늦어서 걱정했습니다."

그도 그럴 것이 싸움이 끝났다고 확인된 것도 아닌 시점에서 사라져 반나절이나 돌아오지 않았다. 나중에 현백기와 위사들의 호위를 받으며 영기를 받아들이고 있다는 것은 들었지만 내상을 입은 채로 저런 추위 속에서 반나절을 가만히 앉아 있다는 말을 듣고 걱정하지 말라는 것이 무리였다.

"일단 이쪽으로 오십시오. 몸 상태를 확인해 봐야겠습니다."

영기를 갈무리하고 확인한 신체는 격전을 치른 다음이라고 믿기 힘들 정도로 멀쩡했지만 전문 의원의 진찰을 사양할 단사천이 아니었다.

더욱이 영기라는 제대로 파악하지도 못한 기운과 또 변해 버린 내기의 상태에 대해 서이령과 현백기에게 자문을 구해야 했다.

"일단 진맥부터 시작하겠습니다."

자연스레 내민 손목을 잡은 서이령은 온도 차에 잠시 움찔했다.

기로 몸을 보호하고 있었다고는 하지만 어쨌거나 설원 한복판에서 몇 시진을 가만히 앉아 있었다. 오두막 안에서 몸을 덥히고 있던 서이령과는 꽤나 차이가 났다.

"서 소저?"

"흐흠, 진맥하겠습니다."

손목을 잡더니 갑자기 멈춰 버린 그녀는 의아하게 쳐다보고 있는 단사천의 부름에 겨우 제대로 진맥을 시작했다.

힘차게 뛰고 있는 맥박에서는 별다른 이상을 찾을 수 없었지만 서문도 아직 이론으로밖에 알지 못하는 천심단과 영기이다.

모든 이론이 그렇듯 실제로 적용될 때 예상하지 못한 이상이 발견될 가능성은 충분했고, 마인들이 영지에 무언가 수작을 부렸을 수도 있었다.

이 정도로는 안심할 수 없었다.

"어디 아프시거나 한 곳이 있습니까?"

"딱히 이상한 건 없습니다. 운기 시에도 기에 이상이 없고 영기의 덩어리가 아홉 개에서 일곱 개가 되기는 했지만 그건 어의 어르신께 이미 들은 내용이니 아무 문제 없습니다."

맥에서 읽은 것처럼 단사천도 별 이상이 없다고 말했다.

"기운도 안정되고 음색도 이상한 점은 없네요. 그래도 혹시 모르니 조금 더 자세히……."

손목을 놓고 도구를 준비한 서이령은 그녀를 바라보며 답을 기다리는 단사천을 향해 다음 단계를 지시했다.

"자, 그럼 상의를 벗고 누워주세요."

"예?"

의원이 환자의 상태를 보다 자세히 살피기 위해 하는 요구로 그리 특별할 것 없는 주문이지만 이쪽에 쏠린 시선들 앞에서 옷을 벗는다는 것이 부담스러웠다.

그중에서도 왜인지 강렬한 눈빛으로 집중하고 있는 무설이 가장 신경 쓰였다.

"어서요."

서이령의 강권에 단사천은 결국 상의와 장포를 벗어 깔고 그 위에 누울 수밖에 없었다.

이번에도 곧장 시작하는 것이 아니라 시간 차가 있었는데 단사천의 몸에 손을 댄다는 것 때문인 듯했다. 방금 전까지만 해도 금의위 위사들이나 패천방의 무인들을 치료하며 몇 번이나 그들과 맞닿았지만 그것과는 느낌이 너무 달랐다.

"확인하겠습니다. 뭔가 이상이 느껴지면 바로 말씀해 주세요."

곧 그녀의 손이 단사천의 등허리에 닿았다. 작지만 부드럽지만은 않은 손은 의원으로서 그녀가 해온 노력을 증명하고 있었다.

그녀는 방금 전 당황한 모습이 무색하게 침착하고 자연스러운 솜씨로 경락과 혈맥을 자극해 나갔다.

자극이 강한 침이나 기운에 의한 방식은 문제가 생길지도 모르기에 이처럼 조금 우회하는 방법으로 흐름을 파악할 생각이다.

다만 여성이 남성의 몸을 만진다는 사소한 문제가 있기는 했지만 처음 만지는 것도 아니다.

의술을 배우며 남녀를 가려 받을 수만은 없다는 현실적 문제도 있었고, 바쁠 때면 남녀 구별 없이 치료를 해오기도 했다.

당장 단사천이 오기 전까지도 다친 무사들을 치료했다. 문제는 없었다. 없어야 했다.

하지만 모닥불의 불빛 때문만은 아닌 듯 붉어진 얼굴은 그녀 스스로도 깨닫고 있었다.

'이건 불이 가까워서… 그리고 추나술을 시행하고 있어서…

그런 겁니다.'

다행히 변명할 거리가 두 가지나 있었다. 그래도 혹시 몰라 주변을 둘러보았는데, 그러다 무설과 눈이 마주쳤다.

마치 재미있는 장난감을 발견한 고양이와 같은 무설의 묘한 눈웃음을 마주하자 그녀도 모르게 팔에 힘이 들어갔다.

꾹!

"윽!"

"아, 죄송합니다!"

억눌린 신음에 서이령은 황급히 사죄의 말을 내뱉었지만 답은 돌아오지 않았다. 하필이면 힘을 줘 눌러 버린 장소가 요혈 중 하나인 경문혈이었다.

서이령의 힘이 강하지는 않았지만 만일 제대로 내공을 담았다면 극심한 고통으로 허리 밑 근육이 한동안 마비될 수도 있는 요혈이었기에 단사천이 신음을 내뱉으며 고개를 떨어뜨린 것도 이상할 것이 없었다.

실수에 당황하며 어쩔 줄 몰라 하는 서이령과 고통에 넋이 나간 듯한 단사천을 보며 원인 제공자인 무설은 헛웃음을 지어 보일 뿐이었다.

우여곡절이 있기는 했지만 그 뒤로는 제대로 집중했는지 별다른 이상 없이 끝날 수 있었다.

"특별한 이상은 없습니다. 새로 영기를 받아들이면서 생긴

기의 변화도 할아버님께서 말씀해 주신 것과 크게 다르지 않고 기운도 제대로 흐르고 있으니 시작해도 될 것 같습니다."

아직도 욱신거리는 경문혈을 부여잡은 단사천이 고개를 끄덕였다.

"그럼 이제 본격적으로 시작하겠습니다."

추나술 다음으로 이어진 것은 시침이었다. 천심단을 완성시키기 위해 영기라는 막대한 기운을 받아들이고 정제하는 만큼 세밀한 조정이 필수적이다.

기경팔맥에서 시작해 곧 등 전체에 침이 가득 박히고, 팔과 다리는 물론이고 목과 머리에까지 침이 꽂히기까지 그리 오랜 시간이 필요하지는 않았다.

침이 하나씩 박혀들 때마다 흠칫하게 되는 금속의 차가움이 느껴지고 곧 시원함이 찾아왔다.

영기를 받아들이며 자신도 모르는 사이 어긋났던 균형이 맞춰지는 것이 느껴졌다.

굽이치던 기운의 흐름이 보다 안정되고 겉돌던 기운이 섞여 갔다. 매일같이 스스로의 몸을 관리하는 단사천도 무심코 지나친 미세한 차이였지만, 서이령은 작은 것 하나 놓치지 않고 바로잡아 나갔다.

이 각에 걸쳐 놓은 침을 다시 역순으로 회수해 나간다. 특별할 것 없는 흔한 시침이었는데도 서이령의 얼굴에는 긴장과 집중으로 인해 흘러내린 땀으로 가득했다.

미세한 조정을 위해 기의 흐름을 읽고 적시에 정확한 깊이로 침을 놓는 것은 생각하는 것 이상으로 심력을 소모하는 일이다.

침을 놓고 회수할 때마다 조금씩 지쳐가는 것이 보였고, 마지막 침을 회수할 때는 간신히 손 떨림을 참아낼 정도였다.

"후, 끝났습니다. 근육이 이완돼서 움직이기 힘드실 테니 반 시진 정도는 일어나지 말고 쉬고 계시면 됩니다."

"고생하셨습니다."

"당연히 해야 할 일이었습니다. 그보다 경문혈은 좀 괜찮으십니까? 아까는……."

"이제 아무렇지도 않습니다. 정말 괜찮습니다."

"그렇다면 다행입니다. 그럼 저는 약을 준비하러 가보겠습니다."

단사천의 휴식을 배려해 바깥으로 자리를 옮긴 서이령이 뒤따라 나온 무설에게 잡혀 놀림감이 되었지만 전력으로 휴식을 취하는 단사천과는 관계없는 이야기였다.

*　　　*　　　*

의선문 습격 사건으로 인해 천하가 시끄러워지고, 얼마 지나지 않아 천하무림의 거두인 소림사가 습격을 당했다.

심지어 형산에 있는 무수한 도문은 멸문당하거나 그에 준하는 화를 입었다는 소식에 온 천하가 다시 한 번 진동했다.

수백 명의 향배객이 목숨을 잃고 또 백여 명의 학승과 사미승이 목숨을 잃었다. 무수한 전각이 불에 타 무너졌고, 마인들을 상대하던 무승들도 백여 명이 목숨을 잃었다.

그나마 소림사는 상당한 피해 수준에서 그쳤지만 형산에 있던 삼십여 개의 중소 도문은 그야말로 멸문지화를 당하며 천여 명이 목숨을 잃었다는 충격적인 소식이었다.

대체 어디의 누가 천하제일이라는 이름에 가장 가까운 무인이 있는 문파를 건드렸고 또 그 정도로 참담한 피해를 입혔는지에 대해 무수히 많은 말이 오갔지만 결국 세인들의 예상은 단 하나로 쏠렸다.

마교였다.

마교는 본래 황실에서 정한 사교 집단 따위를 통틀어 일컫는 멸칭이었지만 어느새 단순한 사교 집단만이 아니라 반인륜적 행태를 저지르는 모든 마인과 문파를 통칭하는 말이 되었는데, 이번 사건은 그중에서도 세 문파가 유력한 용의자로 떠올랐다.

강자존의 법칙 하나로 뭉친 마인 집단인 수라문(修羅門)과

피와 죽음을 통해 진리에 이르고자 하는 혈교(血教), 마지막으로 세상의 모든 질서와 규칙이 무용하며 오로지 욕망에 따라 살자고 주장하는 혼천종(混天宗)이란 세 문파였다.

그리고 얼마 지나지 않아 그 예상은 현실이 되었다.

의선문과 소림, 형산의 사건은 그들이 모두 깊게 관여하고 있는 것으로 드러났으며 어쩌면 연합도 하고 있을지 모른다는 소문이 흘렀다.

*   *   *

산동성에서 배를 타고 광동으로 향하던 도중 소림사가 불타고 형산의 무수한 문파가 사라졌다는 소식을 듣게 되었다.

그들도 소식을 들은 다른 사람들처럼 걱정하는 것은 마찬가지였지만 그 내용이 약간 달랐다. 처음 소식을 듣고 현백기가 한 말 때문이었다.

"다른 곳에도 있겠지만 일단 너희가 오악이라고 부르는 산에는 모두 영지가 있다. 담은 기운은 제각각이지만 아무튼 영지가 존재하는 건 확실해. 그리고 그놈들은 영지를 찾아다니면서 뭔가 수작을 부리고 있는 거고."

그 이야기를 들은 모든 인원의 얼굴에 곧장 걱정과 불안이 떠올랐다. 마교도와 더는 얽히고 싶지 않다는 본심이 드러나는 표정이다.

특히나 단사천의 경우에는 다른 사람들에 비해 심했는데, 점창산을 내려와서 겨우 일 년도 지나지 않은 시점이지만 그동안 몇 번이나 마교와 관련되어 목숨을 위협받은 것이다.

단사천과 같은 보신주의자가 아니더라도 얼굴을 찌푸릴 만했다.

"역시나 마교에서도 영지를 노리고 있었군요."

"지금부터 가게 될 영지에서 만날 가능성도… 아마 높을 겁니다."

그래도 무설과 서이령의 경우에는 마교도들이 어디 있는지 알 수 없다고 하더라도 찾아다녀야 하는 복수라는 이유가 있었기에 단사천처럼 한숨만 내쉬고 있지는 않았다.

"다음은 역시 화산이겠죠?"

"왕야께서 다른 곳에도 영지가 있다고는 하셨지만 이미 오악의 다른 네 곳이 전부 습격을 받은 만큼 화산도 시간문제일 겁니다."

"역시 그렇겠죠. 화산파에 연락을 해놓는 게 좋을 것 같기는 한데, 믿어줄지가 문제네요."

"아마 화산파에서도 마교의 다음 습격 대상이 자신들이라는 것 정도는 알 겁니다. 하지만 경고를 해둬서 나쁠 것은 없으니 다음에 배가 정박하면 그때 사람을 보내면 될 것 같습니다."

어차피 화산파에서도 이 정도는 예상하고 있겠지만 의선문과 패천방이라는 나름 이름이 있는 문파의 경고가 더해진다면 한층 경계할 것이 틀림없다. 그런 계산이 깔린 답이었다.

이런 식으로 당장 할 수 있는 일은 없더라도 대화를 나누고 의견과 대책을 교환했다.

만나고 아직 한 달도 채 지나지 않은 사이였지만 마교라는 대상을 상대로 함께 고생한 경험 때문인지 서로에게 상당히 익숙해진 모습이다.

"화산이라면 걱정 안 해도 될 거다. 거기는 진짜 괴물이 사는 곳이니까."

시간이 허락하는 한 각자의 인맥과 능력을 총동원해서 화산을 습격할 마인들을 상대할 계획을 짜내던 두 여인에게 현백기가 참견했다.

단사천의 품속이 마음에 든 듯 단사천의 가슴팍에서 고개만 내밀고 있는 모습은 귀여웠지만 정작 그 귀여움의 장본인인 현백기는 떨떠름한 얼굴을 하고 있었다.

"괴물이라니… 영수(靈獸)라도 사는 건가요?"

"화산도 꽤나 넓으니 그것도 이상하지는 않습니다만 그래도 마인들을 상대로는……."

중원 오악은 하나같이 높으면서 넓다. 당연히 사람의 발길이 닿는 곳보다도 짐승들의 영역이 넓었고, 험준함으로는 최고라는 소리를 듣는 화산 정도가 되면 아예 사람이 가본 적 없는 곳도 곳곳에 널려 있었다.

영물이 몇 산다 해도 이상한 일은 아니었지만 상대는 마인들이다.

당장 천 년이나 되는 시간에 걸쳐 수행을 쌓은 현백기도 청면수라와 정면에서 싸우는 것은 힘들었다. 그녀들로서는 당연한 걱정이었지만 현백기는 가당치도 않다는 듯 코웃음을 쳤다.

"영물이 아니라 괴물! 아무튼 거기는 걱정 안 해도 괜찮다."

짧은 말이었지만 그 말을 하면서 무언가를 떠올린 것인지 현백기는 고개를 몇 번 흔들더니 눈을 감아버렸다.

이야기를 듣던 세 사람 모두 괴물에 대한 궁금증이 남은 상태였지만 감은 눈 너머로도 불편함이 전해지는 현백기를 건드릴 배짱은 없었다.

너구리 영물이라는 것 때문에 가끔 잊어버리지만 현백기는 엄연히 황제가 임명한 왕이었다. 무설이나 서이령은 물론이고 단사천도 조심해야 하는 존재였다.

"그럼 다음 목적지에 대한 이야기를 할까요?"

"예, 확인해 봐야 할 것도 있고 왕야께서 말씀하신 곳에 대한 정보도 알아봐야 하니까요. 그나마 무 소저의 본가인 패천방이 있는 곳이라 다행입니다."

"저도 왕야께서 말씀하신 곳에 대해서는 아는 바가 없지만 아버님께 부탁해 본 방의 정보력을 동원하면 뭔가 건질 수 있겠죠."

영지는 땅 밑을 따라 흐르는 기가 모여 고인 곳이다.

지맥이라고도 부르는 땅속에 흐르는 기의 흐름만 읽을 수 있다면 영지가 존재하는 곳을 대략적이나마 예측할 수 있었다.

다만 예측에는 그야말로 인간의 한계를 초월한 기감이 필요했는데 지금 그게 가능한 것은 현백기가 유일했다.

"그래도 광동성과 복건성의 경계 어딘가의 해안가라니, 조금 넓지 않나요?"

한숨과 함께 내뱉은 무설의 말은 사실이었다.

현백기가 지도에 표시해 준 영지의 예상 위치라고 해봐야 딱 지정된 수준이 아니라 하북성이 바다에 맞닿는 부분 전체와 엇비슷할 정도의 범위였다.

그나마 해안가로 한정된 점에서는 불행 중 다행이었지만 그나마도 운이 나쁘면 영지가 모래사장 밑이나 바다 한가운데에 있을 가능성도 배제할 수 없다고 했다.

사람을 부려 움직여야 하는 입장에서는 한숨이 나올 수밖에 없는 상황이다.

"아예 단서가 없는 것보다는 낫지만 역시 너무 넓다는 건 부정할 수 없겠군요."

그 뒤로는 여성들만의 이야기가 전개되었기에 단사천은 선실을 나와 갑판에 올랐다.

금의위 측에서 현백기의 비밀 엄수를 이유로 낭인이나 표사들을 구하는 것을 막은 것은 물론이고 아예 배 한 척을 인근 수영(水營)에서 징발했다.

덕분에 갑판 위에는 돛을 조정하고 항로를 살피는 선장과 수부를 제외하면 아무도 없었다.

아직도 선실에서 온갖 주제로 이야기를 나누고 있을 두 여성을 피해 휴식을 취하러 나온 단사천에게는 다행인 일이었다.

"대체 왜 이렇게 된 걸까."

원하는 것은 청운의 꿈을 꾸며 아버지처럼 높은 자리에 올라 역사에 이름을 남길 명신이 되는 것도, 할아버지처럼 천하에서 한 손에 꼽히는 대학자로서 대성하는 것도 아니었으며, 비슷한 또래의 청년들이 흔히 보이는 천하제일이라는 네 글자에 대한 치기 어린 꿈도 가지고 있지 않았다.

기껏해야 무병장수라는 특별할 것 없는 소박한 바람뿐이었다.

천하를 좌지우지할 정도의 명문가에서 독자로 태어나 그 정도라면 소박하기 그지없는 소망인데도 너무나 많은 시련이 주어지고 있었다.

"이런 경극 같은 인생을 원해서 수련에 힘쓴 게 아닌데……."

이렇게 굴곡진 인생이 아니라 좀 더 평탄한 인생을 원했다.

무공을 배운 것도 그런 이유에서였다. 안전과 위험 사이에서 그 경계를 더 넓히기 위한 수단 중 하나로 택했을 뿐이다.

분명 처음에는 어머니 허씨가 말한 것처럼 보신과 수신이라는 분명한 목적이 있었다.

그래서 스승인 무양자에게도 위험하지만 않다면 좋다고 말했고. 그런데 정신을 차려보니 이 꼴이다.

천하에서 가장 위험한 집단이라는 마교와 얽혔고, 거기에 더해 치료법은 있다지만 영기라는 언제 터질지 알 수 없는 폭탄까지 몸속에 담아둬야 했다.

무공과 관계되지 않고 조용히 본가에서 지냈다면 저런 문제들과는 상관없이 살 수 있었을 것이다.

"무공을 배우지 않았다면 차라리 나았을까."

어쩌면 이 모든 일의 화근은 무공을 너무 열심히 배운 것일지도 모른다.

과유불급, 너무 강한 힘을 지니고 있는 탓에 이런 큰일에 휘말리게 된 것이라고도 볼 수 있었다.

이미 일어난 일들에 대한 가정은 의미 없는 것이지만 그래도 한 번쯤 생각해 보게 되는 것도 어쩔 수 없었다.

"아니, 아니지."

고개를 내저으며 떠오른 상념을 털어낸다. 이미 벌어진 일을 후회해 봐야 변하는 것은 없었다.

어차피 무공을 익히고 수련하는 것은 해야만 하는 일이었고, 소박한 꿈을 위해서라도 포기할 수 없는 길이었다. 하지만 지금까지의 삶을 그대로 답습할 수는 없었다.

무언가 잘못된 점이 있기에 최선을 다하고 있으면서도 지금처럼 문제가 생긴 것이다. 그 잘못된 부분을 찾고 고쳐야 했다.

마음을 가라앉히고 차분히 그간의 문제점을 되짚어 나갔다.

몇 가지인가 문제점이 떠오르고 사라졌지만 결국 마지막에 남은 것은 하나였다.

"어중간하게 강한 게 문제야."

그리 짧지 않은 고민 끝에 도달한 답은 그것이었다.

소림이 무림의 태산북두로 대접받는 이유, 금의위가 황제의 적들에게 공포의 대명사가 된 이유는 하나였다.

강하다는 것.

무양자가 말한 것처럼 힘, 그것도 가장 원초적인 무력은 그 자체로 보신을 위한 방패가 된다.

재력이나 권력도 보신주의자들의 뛰어난 방패임에는 틀림 없지만 이미 단사천에게는 충분했고, 무엇보다 당장 상대해야 하는 마교도들은 그런 것으로는 멈출 수 없으니 지금의 상황에서 무력은 필수불가결한 것이다.

'일단은 영기에 묶인 내공을 되찾는 것부터.'

그렇다면 몸속에 잠든 영기들이야말로 무엇보다 우선적으로 해결해야 할 문제이고 가장 확실한 목표였다. 태산에서처럼 잠든 내공을 풀어낼 수만 있다면 단번에 전력도 급증한다. 모든 내공을 풀어내고 천심단을 만들어낸다면 충분한 무력을 얻을 수 있으리라

"천하제일은 무리더라도 그 바로 아래 수준이라면! 적어도 지금 더 강해진다면 분명히……!"

천하제일 같은 허황된 수준은 바라지도 않는다. 최소한 상대가 시비를 걸거나 싸우기 전에 한 번 더 생각해 볼 수 있을 정도로 강해진다면 만족할 수 있었다. 그렇게만 된다면 지금

보다는 더 평온한 삶이 그 앞에 놓여 있을 것이다.

거기에 더해 아버지의 뒤를 이어 관료가 되고 고위직에 올라간다면 더욱 시비나 위험과는 거리가 멀어진 삶이 기다리고 있을 것이 분명했다.

"난 조용히 평온한 인생을 살 거야. 누구보다도 행복하게 살겠어."

조용한 밤바다에 결의에 찬 외침이 울려 퍼졌다.

五. 무종극

도중에 항주에 들러 화산파에 서신을 보내고 현백기가 영지가 있을 것으로 추정한 지역 인근 문파에게도 경고의 의미를 담은 서신을 발송한 걸 제외하면 별다른 일 없이 바다를 나아갈 뿐이었다.

　대부분의 사람들이 지루함과 따분함을 표할 때 단사천만은 평화로운 일상에 감사하기를 한 달 하고 보름.

　빠르면 일주일 내로 주파할 수 있다는 선장의 첨언이 있었는데 항주를 떠나 정확히 일주일 후 복건성 천주에 도착할 수 있었다.

바람과 해류를 제대로 타고 온 것은 물론이고 패천방과 의선문의 무사들이 수부들과 교대로 쉬지 않고 노를 저어 속도를 낸 덕에 이뤄낸 성과였다.

"그러고 보니 여러분은 천주에 머물 곳이 있으신가요?"

천주 시내로 들어서며 무설이 처음으로 꺼낸 말이었는데 웃으며 말하는 모양이 무언가 대답을 준비해 놓은 모습이다. 아마도 패천방으로 정식으로 초대할 것 같았다.

"만약 미리 구해놓은 곳이 없다면 본 방으로 초대하고 싶습니다."

애초에 갑자기 정해진 여정이었고 따로 숙소를 구하거나 인맥을 활용할 시간적 여유도 없었다.

의선문의 주 활동 영역인 장강 이북과는 정반대인 곳이니만큼 의선문 일행은 거절 없이 무설의 제안을 받아들였다. 단사천도 딱히 거절할 명분도 이유도 없는 상태라 받아들이는 편이 낫지 않을까 하고 생각했지만 왜인지 꺼림칙했다.

'아니, 그냥 싫은 건 이닌가?'

그냥 싫은 건 아니다. 곰곰이 생각해 보니 분명한 이유가 있었다.

패천방이 사파이기 때문이다.

정파와 사파, 양자 모두 속된 말로 칼밥을 먹고사는 선량한 백성과는 만 년 정도 떨어진 자들이지만 그중에서도 정파는 그나마 나았다.

명분이나 협의, 계약 같은 것들로 최소한 사람들의 눈이 있는 곳에서는 제어가 가능했으니까.

하지만 사파는 규칙에 신경 쓰는 정도가 정파에 비해 덜했다. 그것이 아니라도 당장 무설과의 두 번째 만남에서 있던 그 습격이 아직 잊힐 정도로 시간이 지난 것도 아니다.

무수한 사람들이 모여 있던 개봉, 그것도 꽤 고급스런 객잔에서 습격을 받았다.

그 정도로 원한이 쌓은 집안과는 가능하다면 좀 멀리 떨어지고 싶은 것이 본심이다.

"단 공자?"

"아, 저는 따로 객잔이라도 구해서……."

"그러지 말고 저희 쪽으로 오시는 게 어떠십니까? 괜히 객잔을 잡았다가는 왕야의 비밀도 문제가 되는 데다 무엇보다 일반 객잔은 마교 놈들의 습격에도 취약할 겁니다."

옆에서 파고드는 패천방 무사의 설명이 단사천의 결심을 뒤흔들었다.

'확실히 상식적으로 생각해서 혼자 객잔에 있는 것보다는 한 지역을 대표하는 문파 내부에 있는 편이 안전하겠지?'

의선문도 습격을 당했고 개봉에서도 패천방 일행이 습격을 당하기는 했지만 패천방의 본거지와는 비교할 수 없었다.

거기에 지금도 품안에서 잠들어 있는 현백기는 단사천이 몸속에 잠든 영기에서 편안함을 느낀다며 거의 반강제로 단사천을 임시 보좌로 임명해 놓은 상태였기에 현백기의 정체를 숨기고 보조하는 것도 생각해야만 했다.

현백기의 존재를 아는 사람은 기껏해야 성주급인 이상 관의 힘을 빌릴 수도 없었다.

이런 상황에서 협조적인 문파 하나 정도는 있는 것도 나쁘지 않았다.

"은인을 초대도 하지 않고 객잔으로 보냈다고 하면 방주께서도 저희를 욕하실 겁니다. 부디 함께 가주시오."

"그럼 잠시 신세를 지겠습니다."

어디까지나 합리적인 결정이었다. 그렇게 스스로에게 되뇌며 이동을 시작한 일행과 함께 움직이기 시작했다.

항구에서 걷기 시작하고 얼마 지나지 않아 나온 천주의 시내는 활기로 가득했다.

상업이 발달한 항구도시다운 활기와 열기, 거기에 북경의 그것에 비할 바는 아니지만 사방으로 뻗은 저택들은 부와 명예를 과시하기 위해 경쟁하는 것처럼 크고 화려했다.

그런 저택들 사이로 길을 걸어 도착한 곳은 화려하기 그지없는 거대한 저택들 가운데에서도 가장 크고 가장 화려한 곳이었다.

패천방은 대문파이다. 세간에서 진짜 대문파로 인정받는 스물아홉 개의 문파에 비하면 손색이 있지만 그것은 복건이 중원무림에서 변방 취급을 받기에 그 세를 인정받지 못할 뿐이다.

실제 전력이나 영향력 등을 살펴보면 대문파와 비교해도 크게 밀리지 않았다.

당장 천주에 세워진 패천방의 장원만 해도 수십 개의 저택이 마치 궁궐처럼 펼쳐져 있었다.

"다녀왔습니다, 아버님."

그리고 그런 패천방을 일궈낸 것이 바로 파철검군 무중극이었다.

막대한 이권 속에서 난장판이 되어버린 복건성을 통합한 일대 거인의 모습은 그 위명에 어울리는 기세와 위압감을 풍기고 있었다.

"그래."

단 두 글자의 대답은 무남독녀에게 할 인사로는 너무 냉정한 것이 아닌가 하는 느낌도 들었지만 당사자인 무설은 아무렇지 않아 보였다.

"그런데 뒤의 두 사람은 누구더냐?"

"이쪽은 점창의 단사천 공자, 그리고 이쪽은 의선문의 서이령 소저입니다."

"점창과 의선문?"

정파의 필두라고 할 수 있는 구파일방의 점창과 천하제일의 의문이라는 의선문의 제자, 그것도 의선문 쪽에서 온 것은 당대 어의의 손녀였다. 아무리 질 나쁜 짓은 하지 않는다지만 엄밀히 따지면 사파에 기운 패천방에서 맞이할 손님으로는 어울리지 않았다.

"예, 지난 습격에서 은혜를 입었기에 그 은혜를 갚기 위해 모셨습니다."

"그럼 그쪽 소협이 두 번이나 내 딸을 구해준 청의검협인가?"

"예, 단사천이라 합니다."

"신세를 졌군."

"아닙니다. 마땅히 해야 할 일이었습니다. 거기에 무설 소저에게는 여기까지 오면서 많은 도움을 받았습니다."

단사천은 앞에 선 무설이 장난기가 가득한 눈으로 한번 말해볼 테면 해보라는 듯 쳐다보는 것을 무시하고 적당히 답했다.

분명 첫인상은 최악이었고 그 이후부터 여러 사건에 휘말린 터라 그리 좋은 기억은 없는 게 사실이지만, 그녀의 잘못은 아니었다.

게다가 그녀의 집이라고 할 수 있는 곳에 와서 개봉에서 하던 것처럼 싫은 티를 낼 수는 없었고 말이다.

뿐만 아니라 영지를 찾기 위해서는 패천방의 힘이 필요한 것이다.

단사천은 웃는 얼굴로 인사를 마무리 지었다. 이런 것을 보면 단가에 흐르는 정치가의 피가 어디로 가진 않은 듯했다.

"그래도 구명지은에 비할 바는 아니겠지. 충분한 사례를 하도록 하겠네. 그런데… 의선의 손녀는 무슨 일로 이 먼 곳까지 오셨는가?"

"무림말학 서……."

"인사는 되었네. 습격을 당해 정신이 없을 의선문에서 무사에 손녀까지 이 먼 곳에 보낸 이유가 궁금하군."

단도직입적인 물음이다. 격식 있는 명가나 명문이라면 조금쯤 의례적인 대화를 나누고 적당히 주제를 돌아가는 어법으로 이야기를 나눈다. 하지만 무중극은 아무렇지도 않게 이야기의 본론을 꺼내 들었다.

격식을 따지는 정파인 그녀에게는 생소하기 그지없는 길거리의 법이었으나 이게 그가 살아온 방식이었다.

"서 소저는 의원으로서 환자인 단 공자를 위해 따라온 것입니다."

누구에게나 정중한 대우를 받으며 예의 속에서 자라난 화초 같은 서이령에게 들판에서 자라난 거목은 상대하기 어려웠다. 기세를 발하지 않음에도 자연스레 드리우는 그늘에 주눅든 그녀를 대신해 움직인 건 무설이었다.

"환자?"

"예, 지금 단 공자는 상당한 내상을 입고 있는 상태입니다. 의선문에서 치료를 받기는 했지만 여전히 내상을 입고 있습니다."

그 말에 무중극의 눈이 단사천을 향했다. 마치 이리가 사냥감을 살피듯 머리끝에서 발끝까지 샅샅이 훑는다.

약점을 찾는듯, 값을 매기듯 파헤치더니 이내 그 눈에 의문이 깃들었다.

무중극은 온 천하에 이름을 알린 무인이다. 검수 중에서라면 아마 천하에서 다섯 손가락 안에 들어갈 정도의 고수인 그의 눈은 무인의 상태에 대해서라면 어지간한 의원의 진료보다도 정확했다. 하지만 그는 단사천에게서 그 어떤 내상의 징후도 발견하지 못했다.

신체의 어느 한 곳도 부자연스럽지 않았다. 신체의 기운도 막히거나 급한 곳 없이 점창산의 그것처럼 고고하게 흐르고 있다.

기운의 크기가 약간 작은 듯하나 나이를 생각하면 그리 모자라는 수준도 아니었다. 무중극은 그렇게 결론을 내리고 입을 열었다.

"내 눈에는 아무리 봐도 내상을 입은 환자 같지는 않다만?"

'하긴 이건 내상이라고 하기에는 뭐하지.'

신체 내부에 잠든 영기를 확인하기 위해서는 직접 그 내부를 들여다보지 않으면 안 된다. 그렇기에 무중극이 눈치채지 못하는 것도 이상한 일은 아니었다.

"하지만 사실입니다. 의선께서도 그렇게 말씀하셨고, 실제로 혈도가 좁아지고 내공의 태반이 사용 불가능한 상황입니다."

무중극의 눈이 가늘어진다. 의선이라는 당대 최고 의원의 보증이 붙어 있다면 단사천은 무중극이 모르는 방식으로 내상을 입었다고 보는 것이 옳았다.

"그래서 그런 환자를 이곳에 데려온 이유가 있을 것 같은데, 무엇이냐?"

역시나 이번에도 주제를 그대로 드러내는 말이다. 길어질 것 같은 대화를 잘라 오로지 중심만을 끄집어낸다.

"구명의 은혜를 갚기 위해 구명의 은혜를 입히려 합니다."

무설을 내려다보는 무중극의 눈이 가늘어졌다. 아주 잠깐 그 눈에 무언가 감정이 스쳐 지나가고 곧 입이 열렸다.

"좋다! 은혜는 무엇보다 우선해 갚아야 하는 법. 다만 그걸로 하나는 갚는다고 해도 하나가 남는군."

그건 괜찮다. 그렇게 말하려던 단사천보다 앞서 무설이 입을 열어 답했다.

"일단은 눈앞의 것을 먼저 갚고 남은 것은 나중에 생각하려 합니다."

하나가 아니라 첫 만남을 생각하면 두 개, 혹은 그 이상이 남아 있다고 해도 좋지만 그 말은 삼키고 말을 끝맺는다.

"그것도 좋다. 당장의 빚을 갚지 못해서야 이야기는 진행되지 않지. 그럼 이걸로 이야기는 끝이다. 총관은 접객당으로 손님들을 안내하라."

시립해 있던 패천방의 사람들 가운데에서 마른 체구의 중년인이 일어나 그들을 안내하는 것으로 파격적인 거인과의 첫 대면은 끝났다.

*   *   *

어둠이 내리깔린 사당 한가운데, 세 노인이 원탁에 앉아 있었다.

새하얀 머리카락과 수염을 늘어뜨린 신선 같은 노인, 산발한 머리와 정리되지 않은 수염의 미치광이 같은 노인, 수염도 머리카락도 눈썹도 없는 악귀 같은 노인… 제각각의 모습에서 공통점이라고는 세월밖에 없어 보였다.

"청면수라, 귀독은 실패. 흑검과 광마는 성공인가. 아직 두 개 부족하군."

신선풍의 노인이 나지막하게 중얼거리는 것으로 회의는 시작되었다.

"실패? 작업이 덜 끝난 것이 아니라 실패라고?"

"그렇다. 실패다. 태산과 형산 두 곳의 영지 모두 더 이상 제 기능을 하지 못하고 있다는 걸 확인했다."

따로 사람을 보내 영지의 상태를 확인한 결과 그들의 계획에 영지를 사용할 수 없다는 보고만 올라왔을 뿐이다. 어떤 것이 어떻게 작용한 결과인지는 알 수 없었다.

"동홍왕의 수작인가?"

"글쎄, 확실하지는 않다. 하지만 그 편이 가장 가능성이 높겠지."

"망할 축생이……. 그런데 청면수라는 왜 죽은 거지? 겨우 그깟 너구리에게 죽을 녀석은 아니라고 생각하는데. 황궁에서 금의위 총교두나 대영반이라도 투입했나?"

"거물들은 움직이지 않았다. 하지만 외부의 조력이 있었던 모양이다. 불사군들의 말에 따르면 점창의 도사가 하나 끼어들었다고 한다."

점창이라는 이름에 봉두난발의 괴인이 경악과 흥미가 뒤섞인 얼굴로 입을 열었다.

"점창? 구파일방의 그 엉덩이 무거운 놈들이 벌써 우리가 하려는 짓을 알고 쫓아온다고?"

"다른 곳도 아니고 의선문을 건드렸다. 구파일방이 아니라 황실이 직접 움직여도 이상할 건 없다."

의선문은 정사를 가리지 않고 무수한 무인들의 지지를 받는 문파이다.

이런저런 부상과 떼려야 뗄 수 없는 무림인들이기에 의선문과 깊은 관계를 맺은 곳도 적지 않았다.

거기에 단순한 습격이 아니었다. 의선문 전체에 장소를 가리지 않고 독을 풀고 불을 질렀다. 그것으로도 모자라 환자나 의원 같은 비전투인원도 가리지 않고 몰살시켰다.

무림 공적으로 백번을 몰려도 이상하지 않을 짓이었다.

악귀 형상을 한 노인의 말에 신선풍의 노인이 반박했다.

"그렇지만도 않다. 놈들도 우리가 다음으로 화산을 노릴 것 정도는 알고 있는 모양이지만 아직 우리의 뒤를 쫓지도 못하고 있다. 그저 미꾸라지 몇 마리가 분탕을 치는 정도이고 십대문이나 팔가의 놈들은 그 미꾸라지들을 가지고 우리를 꿰어내고 목적을 알아내기 위해 방치하고 있지."

그렇게 말을 꺼낸 뒤 숨을 고른 노인은 다시 말을 이어갔다.

"아무리 미끼인 것이 확실하더라도 그 미꾸라지에 벌써 후

보자가 세 명이나 당했다. 흑검은 그렇다 쳐도 귀독은 죽지 못해 살아 있는 상태나 다름없고 청면수라는 아예 죽어버렸지. 그토록 큰소리친 결과가 이 모양이라니… 비탄을 금할 수가 없다."

신선풍의 노인이 내뱉은 말에 다른 두 노인이 동시에 얼굴을 찌푸렸다.

분명 그들이 키운 후보자들은 충분한 결과를 내지 못했다. 청면수라는 죽었고, 귀독은 사지가 망가져 무인으로서 죽은 상태.

그나마 흑검은 신체적 상처는 남지 않았지만 제대로 임무를 완수하지 못했다. 하지만 그들도 할 말이 없는 것은 아니었다.

"혼천종에서 보내는 것들이 너무 쓸모없으니 발목만 잡는다는 생각은 못 해봤나?"

"거기에 정보와 계획의 수립과 수정은 혼천종에서 맡기로 한 일이었다. 그 잘못을 어디로 돌리는 거지?"

하나의 목표를 위해 뭉친 자들이지만 어디까지나 세 개의 집단이었고, 그들은 하나같이 독선적이고 오만하며 동시에 협조라는 단어와는 거리가 먼 자들이었다. 지금같이 서로에게 날 선 말을 내뱉는 것은 언제나 있는 일이었다.

잠시 서로를 노려보더니 이내 기세를 가라앉힌다.

만약 여기서 싸우게 된다면 그들 밑에 있는 자들은 전쟁을 하게 된다. 전쟁 정도는 아무래도 좋지만 그렇게 싸워봐야 그들의 숙원 달성이 늦어지기만 할 뿐이다. 그걸 알기에 말다툼 이상으로는 번지지 않았다.

기세가 가라앉자 신선풍의 노인이 말을 이어갔다.

"동홍왕이 있는 복건에는 우리가 간다. 너희는 화산과 요녕 이다."

동홍왕과 점창의 도사라는 조력자의 존재는 혈교나 수라문 양쪽에서 상당한 관심사였지만 이미 한 번 실패한 이상 차례는 혼천종에게 넘어갔다.

"개인적으로는 그 너구리를 해부해 보고 싶지만 어쩔 수 없지. 그럼 우리가 요녕에 간다. 어차피 너희는 화산이겠지?"

봉두난발의 괴인이 웃음을 지으며 그 말을 받았다.

"이 세상이야말로 수라도라 할 수 있지. 보다 큰 싸움이라면 사양은 없다. 좋아, 화산에는 우리가 간다."

"결정됐군."

감숙성의 구석, 사람의 발길이 닿지 않는 황무지 어딘가에 세워진 낡은 사당에서의 회의는 그렇게 끝났다.

*   *   *

"…이상입니다."

"흐음……."

수하의 보고를 들은 무중극은 생각을 정리하며 가볍게 숨을 내쉬었다. 그 탓에 보고를 하던 수하가 더욱 고개를 숙이는 것 같았지만 그에게는 그다지 중요하지 않은 문제였다.

"배를 타고 해안가를 돌아다닌다고?"

"예, 일단 아가씨는 달리 목적이 있다고 하셨습니다만 동승한 수하들의 말에 따르면 그저 너구리 한 마리랑 놀고 있을 뿐이라고 합니다."

며칠간 무중극 안에서 단사천에 대한 평가는 나날이 낮아지고 있었다.

당사자들의 입장에서는 영지를 찾는다는 이유에서이지만 주변 사람들의 눈으로 보면 부모를 잘 만난 도련님 하나가 여자를 끼고 놀러 다니는 모습으로밖에 보이지 않는 것이 사실이었다.

영지의 기척을 탐지할 수 있는 것이 현백기뿐이기에, 그리고 그 현백기와 관련된 비밀을 지키기 위해 서이령과 무설, 단사천 셋 외의 어떤 사람과도 동행하지 않은 것이지만 정작 그런 설명을 하지 않는 태도 때문에 그 생각은 더욱 굳어져 갔다.

특히 패천방의 방도들 사이에서는 무설과 단사천의 관계를 두고 이야기하는 자도 많았고, 그간 같이 여행한 것이나 단사천을 대하는 무설과 서이령의 태도 등을 이유로 들며 깊은 관계가 아니냐고 이야기하는 자들도 있었다.

어디서나 그런 소문은 흥미 본위로 퍼지는 것이지만 문제는 그걸 무중극이 들었다는 것에 있었다.

"청의검협과 같이 타고 있겠지?"

"그렇습니다."

"의선의 손녀도 그 옆에 있을 테고?"

"예."

무중극의 눈이 감기고 한층 무거워진 기세가 건물 내부를 가득 메워갔다. 앞에서 보고를 하는 수하나 주변에서 호위를 하고 있는 수하들 모두가 그 기세에 잠식되어 가며 이후에 있을 일에 대비해 내기를 끌어올려 스스로를 보호했다.

"오늘 저녁 식사를 함께하자고 전해."

"예?"

뜬금없는 말에 사내는 멍청히 반문했다.

이런 보고를 하게 되면 당장에라도 단사천을 잡아오라고 할 줄 알았는데 들린 말이 생각한 것과 너무 동떨어졌기 때문이다.

십여 년간 무중극을 보좌해 온 사내는 무종극이 무설 앞에서는 무뚝뚝하고 냉정한 척하지만 그 속은 있는 딸바보 아버지라는 것을 잘 알고 있었다.

"딸의 목숨을 두 번이나 구해준 사람에게 식사 한 번 정도
는 베풀어야지."

생명의 은인에게 식사를 대접하고 감사를 전하는 것 정도
는 당연한 일이겠지만 그렇게 말하는 무중극의 눈은 전혀 웃
고 있지 않았다.

그 모습을 보며 사내는 한숨을 내쉴 수밖에 없었다.

'적당히 해주셨으면 좋겠는데.'

다시금 무중극의 얼굴을 올려다보지만 아무래도 자신이 생
각한 걱정은 현실이 될 것 같았다.

*　　　*　　　*

천주에 도착하고 삼 일째, 천주 인근의 해안가를 따라 작은
배를 몰아 돌아다니고는 있었지만 영지 탐색은 더디기만 했
다.

그것은 유일하게 영지의 기척을 찾아낼 수 있는 현백기가
태어나 처음 맛보는 장강 이남의 여름 날씨에 반쯤 녹아내린
상태였기 때문이다.

태산의 영기가 굳어 만들어진 빙정 옆에서 평생을 살아온
현백기에게 있어서 여름이란 고문이나 다름없는 계절이었다.

그나마 단사천의 몸속에 잠든 태산의 영기와 빙정의 기운과의 공명으로 어떻게든 외부 활동이 가능하기는 했지만 그래도 효율이 떨어지는 것은 어쩔 수 없었다. 또한 그 공명을 위해서 단사천에게 극심한 정신적 피로가 요구되었기에 장시간 활동도 불가능했다.

자연스럽게 영지 탐색은 점차 느려졌고, 그건 오늘도 다르지 않았다.

"이제 더는 못 합니다. 내공이 바닥입니다."

"아, 안 돼. 돌아갈 때까지 한 시진만 더 버텨라. 왕명이다."

"안 되는 건 안 되는 겁니다."

처음에는 현백기가 왕명이라고 할 때마다 쥐어짜듯 태산의 영기를 현백기가 느낄 수 있게 운용했지만 하루에도 몇 번이나 남발하는 왕명에 익숙해진 단사천은 더 이상 반응하지 않게 되었다.

현백기의 정체를 아는 금의위나 황실의 누군가가 본다면 불경하다며 호통을 치겠지만 이 작은 배에 타고 있는 것은 단사천과 서이령, 무설, 그리고 현백기뿐이었다.

이 세 사람과 한 마리라는 구성은 현백기와 관련된 비밀 엄수를 위해서라는 명목으로 이뤄진 구성이었다.

여기에 의선문의 무사들이나 그간 동행한 패천방의 무사들을 끼워 넣을 수도 있었지만 단 한 명의 예외도 없이 모두가 연이은 격전으로 몸 상태가 좋지 않았기에 겨우 노를 잡으라는 이유로 부를 수는 없었다.

덕택에 주변에서는 조용하게 이런저런 소문이 퍼지고 있었지만 당장 눈앞의 일에 바쁜 세 사람이었기에 그런 소문에 신경 쓸 여력은 없었고, 현백기는 그런 소문에는 아무런 관심이 없었기에 역시 신경 쓰지 않았다.

결국 소문은 조금씩 살을 붙여 나가고 있는 실정이었지만 배에 탄 넷 중 누구도 그것을 알고 있지는 못했다.

"천주 인근은 대충 다 돌아다닌 것 같은데, 아무래도 이 근방에는 없는 것 같네요."

삼 일 동안 매일 하루 반나절을 배 위에서 보내며 천주 인근의 해안가를 샅샅이 훑었지만 어디에서도 영지의 기운은 찾아낼 수 없었다. 현재 배에 타고 있는 사람 중에서 유일하게 배를 몰 줄 아는 무설이 피로감을 드러내며 말했다.

"멀리 나가야 한다면 이 배로는 힘들 테고, 결국 동행한 무사들의 회복을 기다리는 수밖에 없겠습니다."

"회복에는 얼마나 걸릴까요?"

아직까지는 괜찮지만 언제 어떻게 마교도들과 엮일지 알 수 없었다. 가능하면 빠르게 단사천의 상태를 정상화시키는 것은 단순히 은혜를 갚는다는 이유만이 아니라 다른 면에서도 중요했다.

"상태에 따라 다르겠지만 열흘이면 충분할 것 같습니다."

"그런가요? 그나마 저희 방의 무사들이 배를 몰아본 경험이 있어서 수부들을 구하기 않아도 되는 건 다행이지만 역시 좀 늦는 감이 있네요."

"이미 충분한 노력을 하고 있으니 조급해져 봐야 좋을 게 없습니다."

"그것도 그러네요. 그럼 오늘은 이만 여기서 돌아갈까요? 왕야께서나 단 공자나 오늘은 더 이상 힘드실 것 같고."

지금도 돛이 만들어내는 그늘에서 탈진 직전의 상태로 쓰러져 있는 한 사람과 한 마리를 보며 웃는 것으로 두 여인의 대화는 끝났다.

그 뒤로는 풍경을 즐기며 천천히 배를 몰아 천주로 돌아왔다. 그러면 기다리고 있던 마차를 타고 패천방으로 돌아가는 것이 보통이었지만 이날은 두 개의 마차가 준비되어 있었다.

"방주님께서 단 공자님을 저녁 식사에 초대하셨습니다. 괜찮으시겠습니까?"

"저만 말입니까?"

"예, 그렇습니다."

혼자라는 것이 조금 걸리기는 했지만 거절할 만한 이유는 없었다.

기껏해야 현백기 때문에 내공을 운용하느라 조금 피곤하다는 이유가 전부인데 그건 말할 수 없는 이유였다.

거기에 방주가 부른다는 건 뭔가 할 이야기가 있다는 뜻이다. 가지 않을 수 없었다.

'감사 인사라기에는 좀 늦은 감이 있고, 매일 배를 타고 나가는 것 때문인가? 이유를 물으면 답하기 곤란한데……'

만약 소문에 대해서 어느 정도라도 알고 있다면 다른 가정도 해볼 수 있겠지만 지금의 단사천에게는 그 정도가 한계였다.

결국 단사천은 아무런 준비도 하지 못한 채 무중극이 기다리고 있는 곳에 도착했다.

六. 습격

천주 전체가 내려다보이는 거대한 누각, 그 최상층에 단사천이 있었다.

　성인 두셋이 누워도 될 크기의 탁자 위에는 항구답게 해산물을 풍부히 사용한 요리가 가득했고, 방 한편에서는 기녀들이 몇 개의 악기로 음률을 연주하고 있었다.

　다만 무중극의 존재가 그것들에 신경 쓸 수 없게 하고 있었다.

　"식사가 입에 맞지 않나?"

　"아뇨. 그렇지 않습니다."

하나같이 고급 재료를 사용한 것이 분명하고 강한 향신료가 사용된 것도 아닌 천주 특유의 보신 요리는 분명 단사천의 취향에 맞는 요리였지만 요리에 집중할 수 있는 환경이 아니었다.

"아니면 옆의 그 아이가 마음에 들지 않나?"

"만약 그러시다면 다른 아이를 부르겠습니다, 공자님."

단번에 최상층의 별실까지 안내되어서는 그곳에서 기다리고 있던 무중극과 대면한 상태로 준비된 식사를 시작했다. 그것까지는 상관없었다.

문제는 공손히 말하며 옆에 앉아 있는 기녀의 존재였다. 은근히 내보이는 속살이나 옅은 음식 냄새 사이로 조금씩 피어나는 분 냄새, 그리고 거리를 줄이려는 몸짓까지 무엇 하나 단사천이 대처할 수 있는 것이 없었다.

"그저 이런 자리가 익숙하지 않아서……."

"그런 거라면 술이 들어가면 해결될 문제지."

"죄송합니다만 몸이 좋지 않아 술은……."

"사내가 돼서 술도 못 마시나?"

기가 차다는 얼굴로 술병을 들어 올린 무중극이었지만 뒤이은 말에 마땅찮은 얼굴로 술병을 내려놓아야 했다.

"내상 때문에 의원의 처방에 따르고 있는 중이라… 정말 죄송합니다."

몸이 멀쩡하더라도 딱히 술을 마실 생각은 없었지만 내상이 있는 한은 예의에 어긋날지라도 술은 입에 대지 않을 생각이다. 특히나 지금 이곳에 있는 것처럼 독한 술이라면 더더욱 가까이하고 싶지 않았다.

"내상?"

"예, 의선문에서 생긴 일 때문에 약간······."

무중극은 눈을 가늘게 뜨며 단사천의 기운을 살폈다.

처음 만났을 때와 마찬가지로 강렬함은 없지만 물 흐르듯 막힘없이 흐르는 기에서는 내상의 낌새를 찾아볼 수 없었고, 풍기는 기세나 행동에서도 어딘가 불편하다는 느낌은 받지 못했다.

수라장을 거치며 부상을 늘 달고 살던 무중극은 내, 외상의 치료는 몰라도 상태 정도라면 여느 의원 못지않게 알아챌 안목이 있었지만 아무리 봐도 단사천은 내상을 입은 것 같지 않았다.

"그렇다면 어쩔 수 없지."

하지만 다른 곳도 아니고 의선문에서 내린 처방이라면 무어라 말하기 어려웠다. 단지 확인하듯 한마디 더 던져볼 뿐이다.

"정말로 내상을 입은 몸인가?"

"일반적인 내상이나 심마와는 조금 다릅니다. 상처라기보다는 가진 것들을 사용할 수 없는 상태라고 하는 편이 정확할지도 모릅니다."

"그런가? 그거 아깝군."

무중극의 아깝다는 말에는 왜인지 적의나 그 비슷한 무엇인가가 섞여 있는 것 같았지만 그 이상 신경 쓰지는 않았다.

그런 것보다도 신경 써야 할 것이 있었기 때문인데, 바로 영지와 현백기의 존재가 그것이다. 그걸 알고 있는 것은 정말로 극소수의 인원뿐이다.

연단술이나 풍수지리에 관심이 있는 자라면 영지에 대해 들어본 자가 드물지만은 않으니 영지라는 개념 자체를 극비로 취급해야 하는 것은 아니지만, 현백기에 대한 것은 극비 사항이었다.

"그런데 자네, 내 딸과는 무슨 사이인가?"

갑작스런 무중극의 물음에 단사천은 멀뚱히 대답했다.

"아무런 사이도 아닙니다."

약간 목소리가 떨리기는 했지만 그건 단순히 물음에 대한 당혹감으로 떨리고 있는 것뿐 딱히 찔리는 점은 없었다. 그럼에도 무중극의 눈에 담긴 묘한 기색은 사라지지 않았다.

"개봉에서 천주까지 약 석 달이라는 시간을 같이 있었고, 이곳에 와서는 매일같이 아침 이른 시간 배를 타고 함께 나간다. 딸아이에게 자네와의 관계에 대해 물어봐도 별다른 말도 없이 대답을 피할 뿐이지. 그런데도 아무것도 아니라고?"

그저 패천방주의 유일한 혈육으로 복건 어디나 들어갈 수 있는 보증이나 다름없기에 신분증 대신으로 영지 탐색에 동행할 뿐인 관계라고 말할 수는 없었다.

목적을 말하면 이유를 말해야 했고, 그 과정에서 괜히 입을 잘못 놀렸다가는 현백기에 대한 이야기가 새어 나올 수도 있었다.

단사천은 스스로가 그다지 달변가가 아님을 알기에 그저 어색한 웃음으로 시간을 끌며 무언가 괜찮을 것 같은 대답을 생각할 뿐이었다.

"정말로 아무 사이도 아닙니다."

"흐음."

여전히 눈빛을 거두지 않는 무중극을 보니 방금 무시한 그 적의가 무엇인지 알 수 있었다.

묘하게 익숙한 그 눈빛은 외조부가 아버지를 바라보던 그 눈빛이었다.

이미 결혼하고 삼십 년이 지났음에도 외조부에게 있어서 부친 단리명은 어린 나이에 딸을 훔쳐간 도둑놈 그 이상도 이하도 아니었다.

무중극이 보여주는 모습이 바로 그랬다. 남자의 추한 질투심과 부성애, 그 외에도 여러 가지가 뒤섞인 눈빛은 마치 단사천의 얼굴을 불태울 듯 비추고 있었다.

결국 무중극은 단사천이 내상을 입었다고 말한 것을 잊은 듯 기세까지 은은하게 뿌려대며 단사천을 압박하기 시작했다.

버티지 못할 수준은 아니었기에 참고 넘길 생각이었지만 호체보신결의 진기가 먼저 움직였다.

'허? 저항?'

사실 무중극이 흘린 기세는 정말로 무의식중에 흘린 것이었다. 그래서 깨닫고 곧바로 거두려 했지만 단사천이 너무나 자연스럽게 저항하자 오히려 생각이 바뀌었다.

'어디까지 하나 보자.'

기세가 한층 무거워졌다. 단사천과 무중극 옆에 앉아 있던 기녀들은 이미 먼 곳으로 자리를 옮겼기에 기세는 온전히 단사천에게 집중되고 있었다.

한 성의 패자로 불릴 정도의 무인이 발하는 기세는 그 자체로 흉기가 된다.

무중극이 내뿜는 기세도 당당히 흉기의 한 범주에 들어 있었지만 영기와 뒤섞여 단계 분류가 의미 없을 정도로 변한 호체보신결을 뚫을 수는 없었다.

오기가 생겨 더 격한 기세를 뿜어내도 음식이 올려져 있는 탁자와 가구들이 삐걱거릴 뿐 단사천은 멀쩡한 모습으로 무중극을 똑바로 바라보고 있었다.

갑작스레 시작된 기세 싸움은 역시나 갑작스레 끝났다.

"너무 흥이 올랐군. 용서하게."

"괜찮습니다. 무 소저처럼 고운 딸이 있다면 당연히……."

"자네도 그렇게 생각하나? 확실히 설이 그것이 제 어미를 닮아 한 미색 하지."

이번에는 딸바보의 눈이 된 무중극이었다.

갑작스런 변화에 단사천이 할 수 있는 것은 속으로 한숨짓는 것이 전부였다.

'하아…….'

그렇게 무중극의 딸 자랑이 시작되었다.

*　　　*　　　*

도무지 끝이 보이지 않는 무중극의 딸 자랑은 여섯 살 시절의 이야기에서 일곱 살 시절로 넘어갈 때 갑작스럽게 귓가를 때린 강렬한 폭음에 의해 끝이 났다.

그것은 분명히 이상을 알리는 소리였다.

폭죽을 터뜨릴 시기도 아닐뿐더러 공중에도 불길의 흔적은 없었다. 그리고 소리의 근원지에서는 불길이 치솟고 있었다.

어두운 밤하늘에 붉은 불길이 타오르는 곳은 다름 아닌 패천방의 전각이 있는 천주 중심부. 그 중심부 곳곳에서 불길이 치솟고 있었다.

"저건?"

의문을 내뱉는 단사천의 옆으로 무중극이 내달렸다.

사 층 건물에서 그대로 허공을 향해 뛰어내렸는데 일말의 망설임이나 고민 없이 건물의 지붕을 밟으며 불길이 치솟는 그곳으로 향했다.

단사천 역시 '계산은 어떻게 하지?'라는 명청한 생각도 잠시, 이내 낼 수 있는 최대한의 속도로 층계를 뛰어 내려갔다.

다만 문밖으로 나서고 나서도 전력으로 내달리지 않는다.

얼마 없는 내공을 쥐어짜 서둘러 달려가 봐야 제대로 검도 휘두를 수 없는 상태라면 짐짝이나 다름없다는 계산에서였다.

이미 무중극이 달려 나갔고, 패천방은 무인이 아니라 의원들의 문파인 의선문이나 태산에 있던 백 명도 채 되지 않는 금의위의 진영과는 비교할 수 없었다.

습격이라고는 해도 그들 이상으로 버틸 수 있다는 것은 확실했다.

그렇게 생각을 정리하고 조금씩 빨라지려는 다리를 늦춰가며 불길에 당황한 사람들 사이로 거슬러 올라갔다.

적당히 체력과 내공을 분배하며 만전의 상태로 도착한 패천방의 정문은 아침에 배를 타기 위해 떠나올 때와 같은 당당한 모습은 온데간데없고 불길을 피워 올리는 잿더미가 되어 있었다.

붉은 불길 사이로 곳곳에 쓰러진 무사들 가운데 생존자를 확인하는 한편, 내원에서 들려오는 병장기 부딪치는 소리와 고함, 그리고 비명을 들으며 샘솟는 도주 의지를 조금씩 지워 나갔다.

가능하다면 이대로 도망치고 싶었지만… 그럴 수는 없었다.

이 안에는 현백기가 있고, 자신의 상태를 그나마 가장 잘 아는 서이령이 있으며, 복건에 있는 영지 탐색에서 빠질 수 없는 무설이 있었다.

결국 자신은 이 싸움터에 들어가지 않으면 안 되는 입장이었다.

"정말 산을 내려오고 나서는 계속 싸움질이네. 불제든 액땜 굿이든 정말 해야지 이대로는 제 명에 못 살지."

그러니 최소한 투덜거림 정도는 해도 괜찮겠지 하고 생각하며 발걸음을 옮겼다.

처음 산을 내려왔을 때에 비하면 절반도 채 되지 않는 기감으로 간신히 검의 영역만을 확보한 채 천천히 내원을 향해 갔다.

겨우 담장 하나 너머에서 싸움이 벌어지고 있지만 괜히 마지막에 다급해져서야 지금까지 체력과 내공을 보존한 의미가 없었다.

더욱이 상대는 세간의 평판이나 주변의 피해 따위를 전혀 고려치 않는 미치광이들이 분명한 상황에서 분별없는 돌격만큼은 지양해야 했다.

일단 의선문에서 하던 행동을 따라 해 기척을 죽이고 아직도 소음이 이어지는 전각을 향해 움직였다.

사태 확인을 위해 담장 너머를 확인하자 바로 보이는 것은 전각을 등지고 버티는 패천방의 무사들과 패천방도의 몇 배는 되어 보이는 정체불명의 습격자들, 그리고 그런 습격자들을 상대로 압도적인 신위를 보이고 있는 무중극이었다.

가볍게 휘두른 것 같은 검에 상대는 그대로 무릎이 꺾이고 이어진 퇴법에 그대로 정신을 놓아버린다. 그리고 그대로 검을 틀어 옆의 적을 밀어내고 뒤를 덮치려던 적에게 검을 꽂아넣는다. 마치 양 떼 사이에 난입한 사자 같은 모습이다.

쉬지 않고 싸운 것인지 지친 것 같기는 했지만 상처도 없었고 여전히 검에 힘이 실려 있었기에 습격자들의 시선은 무중극에 집중되어 있는 상태였다.

덕분에 담장을 넘고 몸을 숨기는 것이 한층 수월했다.

상대의 경계를 피해 숨어드는 그 모습은 무사나 검수라기보다는 살수에 가까운 움직임이었지만 단사천은 신경 쓰지 않았다.

그렇게 가세할 기회를 노리고 있을 때 습격자들 가운데에서 소요가 일었다.

"혀, 형님, 그거 진짜 쓰실 겁니까?"

"그럼 안 쓰고 그냥 죽을까? 저거 상대로 이거 없이 이길 수 있을 것 같아?"

"그, 그래도 그걸 쓰면……."

"어차피 일 시작할 때 그 새끼들이 몇 개나 터뜨렸는데 이제 와서 우리가 안 했다고 해봐야 관에서 믿어줄 것 같냐? 어? 대가리가 안 돌아가? 됐으니까 불이나 붙여."

"예, 옛!"

우두머리로 보이는 사내가 꺼내 든 것은 주먹의 두 배 정도 되는 크기의 검은 철구였다. 그걸 보자마자 단사천의 머리에 스쳐 지나가는 물건이 있었다.

'화탄? 설마 진짜로?'

무중극과 식사할 때 들린 굉음과 치솟던 불길이 화탄이 만들어낸 흔적이라면 이상한 부분은 없었다.

하지만 이곳은 다름 아닌 천주다. 복건성은 수도와 상당히 떨어진 곳이라고 하지만 천주는 나름의 성세를 자랑하는 도시이다.

곳곳에 관의 눈길이 있고 왜구들을 상대하기 위한 병력도 진주하고 있다. 그런 곳에서 황실에서 엄중히 단속하는 화탄을 사용한다는 것은 미치광이가 아니고서는 생각도 못 할 일이었지만 아무래도 습격자들은 미친 것이 확실해 보였다.

"뒤로 빠져, 새끼들아!"

우두머리 사내의 고함과 함께 둔중한 화탄이 허공을 날아 무중극에게로 향했다.

무중극은 날아오는 철구가 화탄이라고는 생각지 못한 듯했다.

'겨우 철구?'

그것이 무중극의 반응이었고, 한 발 물러나는 것으로 철구를 피하려 생각했다.

그건 실수였지만 실수가 아니기도 했다. 기관이 사용된 암기라기에는 미묘한 틈새조차 보이지 않는 새까만 구 형태의 철 덩어리를 화탄으로 판단하라는 것은 무리가 있었고, 무엇보다 당장 눈앞에서 그것을 던진 것이 중소 문파의 잔당이었기에 더욱 그랬다.

경계할 정도로 큰 세력을 지닌 자들이거나 처음 보기에 역량을 파악할 수 없는 자들이라면 몰라도 몰락할 대로 몰락해 버린 중소 문파의 잔당들이 절정의 무인을 위협할 정도의 물건을 손에 넣었다고 생각하기 힘들었다.

그렇지만 그 모든 것은 변명이었다.

결국 무중극은 실수했다.

콰앙!

땅에 닿기 직전 화탄이 터졌다.

박살 난 화탄의 파편이 사방으로 튀어나가고 피아 가릴 것 없이 파편에 당한 십여 명이 땅을 나뒹굴었다. 살이 찢기고 뼈가 부러지는 무참한 상황이었지만 그보다 중요한 것이 있었다. 불길과 연기가 만들어낸 벽 너머에 펼쳐져 있을 상황이다.

"꼴좋다. 망할 괴물 놈!"

우두머리의 웃음과 욕설은 무중극이 결코 살아 있을 리 없다는 자신감에서 나온 것이었다.

제법 떨어진 거리에 있던 자들도 무수히 날아오는 파편에 죽거나 그에 준하는 상처를 입었다.

제아무리 인간의 한계를 초월했다는 절정고수라지만 지근거리에서의 화탄이라면 분명 죽일 수 있다는 믿음이었고, 연기가 걷히고 불길이 사그라들자 보인 것도 그의 기대와 크게 다를 것 없었다.

"허억, 허억!"

죽지는 않았다.

하지만 전신에 철편이 박히고 상대의 손길 한번 닿지 않은 의복은 새까맣게 타버렸다.

입과 귀, 코에서는 피가 흐르고, 무릎은 땅에 닿았으며, 부러진 검을 지팡이 삼아 겨우 버티고 있다.

"미친 괴물딱지가 화탄에도 살다니…… . 뭐, 좋아. 설죽은 놈 모가지 따는 것도 재밌겠지."

지척에서 터진 화탄에도 시체가 되기는커녕 거칠게 숨을 몰아쉬고 있는 무중극의 모습에 사내는 눈살을 찌푸렸지만 이내 땅에 닿아 있는 두 무릎을 보며 비릿하게 웃고는 부하들 사이를 지나 무중극의 앞으로 나섰다.

"이봐, 무중극! 이거 기억나나? 이 상처 말이야. 네놈이 만들어준 거잖아. 섭섭하게 기억 못 한다고 하지 말라고."

귀에 거슬리는 소리와 함께 꺼내 든 검은 날이 마치 톱날처럼 생겼다.

벤다는 느낌보다는 톱을 켠다고 하는 편이 어울릴 것 같은 검이었는데 이미 날에는 피와 살점이 얼룩져 있었다.

"뭐야? 대답도 못하나? 아무튼 좋다. 너도 교아(鮫牙)의 핏물이 되어라."

단사천은 고민했다.

더 이상 숨어서 기회를 엿보고 있을 상황이 아니었다. 조금

성급한 것도 같지만 선택의 여지가 없었다. 그나마 무중극과 우두머리에게 적들의 시선이 쏠려 있는 지금의 상황은 기습으로 나쁘지 않았다.

'의선문 때처럼은 안 돼. 내공이 부족해… 기껏해야 두 명인가.'

지금의 내공으로는 검을 쳐내고 검의 예기를 조금 더하는 정도가 한계였다.

결국 최초의 일격으로 벨 수 있는 건 당장 범위 내에 있는 둘뿐. 제대로 기선을 잡을 수 없다면 시선이라도 끌어야 했다. 생각은 거기까지였다.

정원수의 그늘에서 뛰쳐나와 검을 내질렀다.

노리는 것은 다리. 낮게 깔린 검은 종아리와 허벅지를 베고 다시 검집으로 돌아왔다. 곧 비명이 이어지지만 멈춰 있을 시간이 없었다.

화탄을 제외하더라도 아군이 절대적으로 열세인 상황이다. 적들이 당황하고 있는 동안 최대한 많이 처리해야 했다. 눈과 기감으로 위치를 확인하고 검을 내쳤다. 짧게 그어진 검은 목숨을 빼앗지는 못했지만 팔다리의 근육을 베어냈다. 전력으로서 더는 기능을 하지 못할 상처이다.

"크아아아!"

"뭐, 뭐야?!"

"뒤에 습격이다!"

"또 어떤 놈이야?"

혼란이 수습된 건 아니지만 시선이 무중극과 우두머리에게서 단사천에게 향했다. 더 들어간다면 고립된 상태로 난전을 펼쳐야 한다. 결국 옆에 서 있는 두 명을 더 베는 것으로 기습은 끝났다.

"뭐 하는 놈이야, 이거?!"

"갑자기 열 명이나 쓰러졌어."

대열의 후방에 있던 적들이 단사천에게 무기를 겨누기 시작하고, 점차 그 소요는 대열 전체로 퍼져 나갔다.

갑작스레 나타난 고수에 놀란 적들은 섣불리 다가오지 않고 있었고, 단사천은 무중극의 상황을 확인할 여유를 벌었다.

'저쪽은?'

시선을 돌려 무중극의 방향을 확인하니 아직 우두머리의 검은 무중극을 향해 내려가지 않았다.

시선을 끈다는 목적은 성공했다. 이제 문제는 어떻게 무중극과 단사천 본인의 안전을 확보하느냐는 것이다.

'당장 시선은 끌었어도 앞으로가 문제네.'

수는 아군이 절대적인 열세였고 질적으로는 조금 나은 것 같았지만 현 상황에서 유의미할 정도로 차이가 나는 것은 아니었다.

어쩌면 화탄이 더 남아 있을지도 모르고 이곳 외에도 적의 병력이 더 있을지도 몰랐다. 문제투성이였다.

"이건 또 뭐야! 지금 눈물겨운 해후 중인 게 안 보이냐!"

고대하던 순간을 방해받은 우두머리는 신경질적으로 외치며 쓰러지려는 무중극을 걷어차고 단사천을 향해 걸어왔다. 중상인 무중극에게는 치명적인 일격이었지만 그래도 아직 숨은 붙어 있었다.

"너, 뭐 하는 놈이야? 아니, 이 지랄을 한 걸 보면 패천방 놈은 확실하겠지. 비밀병긴지 뭔지는 모르겠지만 튀어나온 걸 후회하게 해주마, 쓰레기!"

그렇게 말한 우두머리가 등에서 무언가를 빼 들었다.

또 다른 화탄인가 하고 경계했지만 꺼내 든 것은 이상한 형태의 쇠막대였다.

다만 한 가지, 화탄의 그것처럼 막대의 끝부분에 있는 심지에 횃불을 가져다 대고 겨눈다는 점에서 알 수 없는 불안감이 느껴졌다.

대체 무엇인지는 알 수 없지만 적어도 뚫려 있는 구멍을 이쪽으로 향하는 것으로 보아 암기의 일종이라는 것은 어렵지 않게 짐작할 수 있었다.

'아무래도 구멍에서 뭔가 발사하는 것은 확실해 보이지만…

저 타들어가는 심지, 설마 저것도 화약인가?'

"이놈이고 저놈이고 패천방 새끼들은 입을 꿰매기라도 한 거냐? 하나같이 버릇없는 놈들이다. 그럼 뒈져!"

말이 끝남과 동시에 무언가 한다는 예상에 정신을 집중하고 사내의 움직임을 쫓았다. 예상은 틀리지 않았고, 말이 끝나면서 손가락이 움직였다.

검지가 무언가를 당기고 폭음이 튄다. 그와 함께 매캐한 연기를 뿜어내며 검은 그림자가 튀어나왔다.

바로 한 달 전까지만 해도 그는 폐인이나 다름없었다.

9년 전 그는 아직 패천방이라는 이름도 없이 그저 뭉쳐 다닐 뿐이던 무중극과 그 무리를 상대로 천주의 이권을 걸고 싸워 패배했고, 꼴사납게 천주에서 도망쳐 나올 수밖에 없었다.

꼬리를 말고 도망친 개가 있을 수 있는 무리 따위는 그가 아는 한 존재하지 않았다. 당연하게도 휘하에 있던 수백을 넘는 수하들은 뿔뿔이 흩어졌고, 개중에는 무중극의 휘하로 들어가 패천방의 방도가 된 자들도 있었다.

첫 삼 년은 분노하며 스스로를 갈고닦았다. 술과 여자에 찌들었던 몸을 몰아쳐 실력을 되찾고 키워나갔다. 그래도 무중극에게는 닿지 못했다.

그다음 삼 년은 좌절이었다. 어떻게 해도 무중극과 그의 차이는 벌어져만 갔다. 살수들을 고용하고, 독을 쓰고, 기습을 하고, 인질을 붙잡아도 성공은 없었다. 그저 그 모든 실패가 몸에 상처로 새겨질 뿐이었다.

그리고 다시 삼 년은 증오였다.

모든 인생이라고 해도 좋았던 참중방이 놈의 손에 의해 사라졌다. 영원할 것 같던 부귀도 사라졌다. 남은 것은 비렁뱅이 낭인뿐.

증오하지 않고서는 버틸 수 없을 것 같았다. 그래도 방법이 없었다. 기껏해야 패천방에게 패배한 개들을 긁어모아 복건성 곳곳에서 운영되는 놈들의 사업체를 뒤엎거나 상단을 습격하거나 하는 도적질이 전부.

그러던 어느 날 그들이 찾아왔다.

"협력해라. 힘을 주겠다. 천주 땅을 주겠다. 패천방주 무중극을 죽일 수 있게 해주겠다."

그들이 마교라 불리든 말든 상관없었다. 천하를 뒤엎을 계획을 꾸미는 역도라도 해도 상관없었다. 어딘가 마을을 통째로 몰살하고 그 시체를 가지고 인륜과 천륜을 어기는 짓거리를 한다고 해도 상관없었다.

그래도 밑의 머저리들은 그런 집단과 연결된다는 것을 꺼림칙해했지만 알리지 않으면 그만이다.

배우지도 못하고 머리를 쓸 줄도 모르는 머저리들을 일일이 신경 쓰고 싶지도 않았다.

중요한 건 무중극의 목을 벨 수 있게 해준다는 그 사실 하나였다.

최초 돌입 시 터뜨린 화탄도 마교도들이 터뜨렸다고 거짓말을 했지만 사실은 그가 미리 준비해 놓은 수하들이 한 짓이었다.

여기까지 끌고 온 머저리들의 퇴로를 막기 위해서이고 뒤는 없다고 보여주기 위해서였다.

이렇게 저지르고 나면 더 이상 천주 땅은커녕 복건에도 다시 발을 들일 수 없겠지만 그런 것 정도는 상관없었다. 당장 눈앞에 근 십 년을 상상한 광경이 펼쳐져 있다.

더 이상 아무것도 할 수 없어 무력하게 목을 내밀고 있는 무중극의 비참한 모습. 그야말로 절경이고 꿈이 이뤄지는 순간이었다. 그런데 방해가 끼어들었다.

"이건 또 뭐야? 지금 눈물겨운 해후 중인 게 안 보이냐!"

푸른빛의 도포를 입은 애송이였다. 발밑으로 열 명 정도 부하들이 쓰러져 있었지만 눈에 들어오지 않았다. 인생 최고의 순간을 방해한 훼방꾼에 대한 분노만 있을 뿐이다. 그래서 마교도들이 넘겨주면서 최후의 한 수로 남겨두라던 그것을 꺼냈다.

"너, 뭐 하는 놈이야? 아니, 이 지랄을 한 걸 보면 패천방 놈은 확실하겠지. 비밀병긴지 뭔지는 모르겠지만 튀어나온 걸 후회하게 해주마, 쓰레기!"

불을 붙이고 겨눈 뒤 쐈다.

귀를 울리는 폭음과 시야를 가리는 새하얀 연기 속에서 뒤따라올 비명과 터져 나오는 핏물을 기대했지만… 보이는 것은 어느새 내밀어진 검면에 탄환이 튕기며 만들어낸 불꽃이었고, 들리는 것은 귀를 긁어내는 날카로운 소음이었다.

"이런 미친……!"

당황해서 말이 이어지지 않았다.

몇 번이나 시험 사격을 해봤기에 알고 있다. 이것이 얼마나 빠르고 또 강력한 물건인지. 열 장 밖의 새도 형체를 알아보기 힘들 정도로 박살 내는 위력이었다. 그런데 그 절반도 안되는 거리에서 놈은 반응했다.

"마, 막아!"

화살의 몇 배나 되는 속도로 날아가는 탄환을 대체 어떻게 보고 반응한단 말인가. 그렇게 외치고 싶었지만 중요한 건 그게 아니었다. 놈이 오고 있었다.

"으아아악!"

"괴, 괴물이다!"

부하들이 길을 막기는 했지만 그래봐야 제대로 된 놈들이 아니다. 정면에 선 몇 명이 더 죽고 나면 그대로 길을 열어줄

놈들이다.

믿을 거라고는 이제 품안에 남은 마지막 화탄 하나가 전부였다. 총도 아직 화약이나 탄은 남았지만 지금 저 괴물이 다가오는 속도를 보면 장전을 하다가 그대로 베일 것이 분명했다.

'부하 놈들을 밀어 넣고 화탄을 터뜨리는 게 제일인데.'

문제는 이걸 던져 넣는 순간 억지로나마 앞을 막아서고 있는 부하들이 전부 도망칠 것이라는 점이다.

이 머저리들은 어디까지나 돈과 복수를 위해 모인 놈들이고 대부분이 돈과 자신들의 안전에 더 큰 가치를 두고 있었다. 어설프게 화탄을 던져 넣었다가는 칼이 자신에게 향할 수도 있었다. 방법을 모색하던 그때 등 뒤에서 신음이 들려왔다.

'잠깐……'

고개가 돌아갔다.

'안 좋은데.'

한 걸음에 한 명씩, 그리고 일격에 한 명씩, 최초의 열 명에 더해서 다시 열셋을 베었다. 겨우 숨 몇 번 쉴 정도의 짧은 시간에 이뤄진 성과였다. 하지만 옆에서 보면 압도적인 신위로 밀어붙이는 모양새임에도 당사자인 단사천은 미묘하게 얼굴을 찌푸리고 있었다.

'생각보다 충격이 컸어.'

방금 그것이 대체 무엇이었는지는 모른다.

아마 군에서 사용한다는 화포를 작게 만든 것이라고 생각했지만 중요한 건 그걸 받아 넘기면서 검과 손에 문제가 생겼다는 점이다.

무설에게 받은 검이 아니라 보통의 검이었다면 받아낸 시점에서 깨져도 이상하지 않을 충격이었다.

지금도 검을 휘두르면서도 느껴지는 미묘하게 어긋난 감각에 저절로 얼굴이 찌푸려졌다.

하지만 멈출 수는 없었다.

우두머리는 당황에 빠졌고 나머지 적들도 우왕좌왕하며 길만 막고 있을 뿐 적극적으로 나서지 않는 지금 무중극을 구해내고 안쪽에 고립된 패천방 무사들과 합류하지 못하면 앞으로 기회는 없기 때문이다.

이런 난전은 가능하면 사양하고 싶었지만 어쩔 수 없었다.

"비켜, 새끼들아!"

욕지거리와 함께 무언가 커다란 그림자가 날아들었다. 반사적으로 검을 들이밀었지만 내지르던 속도보다 빠르게 회수하며 양손으로 날아온 것을 받아 들었다.

"그게 네놈이 원하는 거겠지? 숨은 붙어 있다. 그대로 반송장을 짊어지고 싸울 건지 뛸 건지 결정해라."

만신창이가 된 무중극을 제대로 어깨에 들쳐 메고 검병에 손을 얹은 채 시선을 옆으로 돌려 반쯤 무너진 전각 앞에서 버티고 서 있는 패천방의 무사들을 확인했다.

　수는 스물이 약간 안 되는 정도. 아직도 백 명은 넘어 보이는 적들에 비하면 너무 적었다. 거기에 모두가 크고 작은 상처를 입고 있었고 격전에 의한 피로에 기진맥진한 상태였다. 저항을 결정해 봐야 별다른 도움이 될 것 같지는 않았다.

　거기에 더해 기껏 억누른 보신 본능이 몸을 뺄 수 있는 기회를 만나자 고개를 치켜들었다.

　'지금까지 상처 하나 없이 운 좋게 모든 일이 풀려왔지만 앞으로도 그러라는 법은 없다. 여기서는 일단 물러나서 안전한 곳에 무중극을 놔두고 다시 일행을 찾는 편이 좋지 않을까?'

　갑작스레 떠오른 그 생각은 그야말로 매력적이었다. 시선의 끝에 있는 패천방의 무사들이 조금 걸리기는 하지만 이미 무중극만으로도 한계였다. 점차 그 제안에 매력을 느끼고 있을 때 분위기가 바뀌었다. 그것을 감지한 때는 이미 늦었다.

　주변에 가득하던 적들이 어느새 거리를 벌려 주변에는 오직 그와 무중극 둘밖에 없었다. 고민할 필요도 없이 뒤이어 들려온 고함에 그 의미를 깨달았다.

　"오래 고민해 줘서 고맙다! 같이 죽어라!"

　명백한 비웃음이 섞인 외침과 함께 화탄이 날아들었다.

직전과는 달리 내공이 실린 화탄은 맹렬히 회전하며 빠르게 날아들었다. 총탄이나 화살에 비하면 느리기 그지없는 속도지만 무중극을 짊어진 채로는 피할 수 있는 속도가 아니었다.

화탄은 점차 가까워졌다. 무중극을 포기하거나 여차하면 방패로 사용할까 하는 생각까지 들 즈음에 한 가지 길을 발견했다.

'저건?'

회전하며 날아드는 그 철구의 한 부분에서 튀어나온 심지가 불타고 있었다.

본래라면 착탄 이전에 밖으로 드러난 부분은 모두 타버려 손을 쓸 수 없는 상황이 되어야 하지만 거리가 너무 가까웠다는 점과 사용자가 화탄에 익숙하지 않았다는 점이 복합적으로 작용해 거의 눈앞으로 다가온 화탄의 도화선이 아직도 다 타지 않았다는 결과를 만들어냈다.

그리고 그것이 지금 단사천에게 주어진 유일한 활로였다.

하지만 주어진 상황은 빈말로도 좋다고 할 수 없었다.

어깨에는 무중극을 들쳐 메고 있고 내공은 반 이하, 체력은 그보다는 낫지만 만전은 아니다. 검은 균형이 어긋났고 날에는 피가 굳었다. 베어야 할 것은 검은색에 밤하늘을 날아 꽤나 빠르게 다가오고 있고 그 와중에도 회전하며 계속 위치가 바뀌고 있었다. 무엇 하나 도움이 될 만한 것은 없었다.

'그래서? 죽기 싫으면 해야지!'

정신을 집중했다. 어긋난 검의 균형과 무너진 무게중심, 어깨를 움직일 수 없다는 상황, 그 모든 것을 감안해도 할 수 있었다.

주어진 것은 단 한 번의 기회라지만 할 수 있었다.

중요한 것은 순간을 찾을 눈이고 순간을 잡을 일격이었다. 그것만큼은 누구보다 자신 있었다.

거리를 맞추기 위해 앞으로 나섰다. 시간적으로는 일 보는커녕 반보도 제대로 나가지 못했지만 간격은 잡았다. 그거면 충분했다.

스캉!

허리를 틀어 검을 뽑고 내처 한 점을 꿰뚫듯 베어냈다.

귀에 거슬리는 소음과 함께 철구 표면에 스친 검에서 둔중한 충격이 재차 손아귀를 울리지만 입가에 생겨난 웃음을 지울 수는 없었다. 검은 화탄에서 떨어져 나간 새하얀 도화선이 허공에서 불타 흩날렸다.

쿠웅!

무거운 소리가 울려 퍼지고 적들의 얼굴에 떠오른 긴장감이 옅어졌다.

방금까지는 단사천의 마지막 발악이 만들 수 있는 혹시나

하는 상황에 대해 긴장한 상태였다. 하지만 그 눈에 보이지도 않는 쾌검을 내지르고도 여전히 화탄은 멀쩡했다.

오히려 표면만 긁으며 힘없이 튕겨 나온 검에 웃음까지 지을 정도였다.

단사천의 바로 옆에 떨어진 화탄에 웃음은 더욱 짙어졌다. 사람 하나를 업고 화탄의 바로 옆에서 폭발 범위를 벗어날 정도의 경공은 없다. 그렇게 생각한 것이다. 하지만 시간이 흐르고 얼굴에 떠오른 웃음은 그대로 굳어버렸다.

"뭐야? 왜 안 터져?!"

"설마 불발인가?"

"혀, 형님, 이제 어떻게 합니까?"

이 자리에 있는 대부분의 무사들은 삼류에 한없이 가까운 자들이다. 허공을 맹렬히 회전하며 날아가는 구체에서 도화선, 그것도 불이 붙은 부분만이 잘려 나가 허공에서 타버렸다는 것을 볼 수 있는 사람은 단사천 외에는 아무도 없었다.

"뭘 어떻게 해! 아직 이쪽이 유리해! 싸워, 이 새끼들아!"

숫자도 상태도 모두 아직은 그들이 유리했지만 누구도 움직이지 않았다. 이미 기세에서 밀려 버렸다.

그나마 화탄이나 총을 쓰지 않았다면 또 모르겠지만 준비해 놓은 것을 두 개나 사용하고도 처리하지 못했다는 점이 그들에게 망설임과 함께 마음 한구석을 좀먹는 두려움을 심어

주었다.

단사천이 한 걸음 다가가면 그들은 한 걸음 물러섰다. 그건 우두머리에 이르러서도 바뀌지 않았다. 오히려 남들 이상으로 불안과 두려움을 감추지 못하고 고함을 지를 뿐이었다. 그리고 그런 미묘한 대치 상황도 이내 끝을 고했다.

"배, 백귀곡 놈들이 도망간다!"

"뭐?!"

"형님, 사업체에 나가 있던 패천방 놈들이 몰려옵니다!"

천주는 커다란 도시이다. 항구답게 뱃사람들을 위한 무수한 사업체가 있었고, 그런 사업체들은 거친 뱃사람들의 상대와 치안 유지를 겸해 패천방의 무사들을 빌리며 보호비를 상납했다. 그렇기에 패천방의 방도들은 언제나 절반 이상이 천주 곳곳에 퍼져 있었다.

당연히 이번 습격 계획 가운데는 그렇게 천주 곳곳에 퍼진 패천방의 무사들을 상대로 수작을 부리는 것도 포함되어 있었다. 습격이 시작되고 이제 반 시진도 지나지 않은 시점에서 벌써 올 수 있을 리가 없었다.

"그놈들이 어떻게 와? 무곡문이랑 중산문 놈들은 뭘 하고?"

계획의 중역인 사내는 그걸 알고 있다. 그들의 발을 묶는 간단한 일이기에 걱정하지 않았건만 일이 틀어졌다. 당혹감이 말에 배어나왔다.

"모르겠습니다만, 지금 서문에서 계속 몰려오고 있습니다!"

"병신들! 그것도 제대로 못 하고 도망친 건가? 제기랄!"

"어떻게 합니까, 형님? 저희도 도망쳐야 하는 건……."

일그러질 대로 일그러진 얼굴에 온갖 감정이 떠올랐다.

분노, 수치, 억울함 같은 감정들이 빠르게 스쳐 지나갔다. 그리고 아직도 대치 중인 단사천과 자신의 부하들을 노려보곤 몇 번이나 욕설을 내뱉고 나서야 겨우 되돌아온 냉정함으로 명령을 내렸다.

"남문으로 간다! 시체는 놔두고 와!"

기다리던 명령이 떨어지자 적들은 한순간의 망설임도 없이 발을 놀려 도망치기 시작했다. 질서는 없었고 오로지 안도의 한숨과 공포에 질린 눈빛이 전부였다.

"…언젠가는 죽인다."

씹어내듯 그렇게 말을 내뱉은 우두머리 사내는 부하들의 뒤를 따라 사라졌다.

누구도 그 뒤를 따라가지는 않았다. 마지막까지 버티던 패천방도들은 무너지듯 제자리에 쓰러져 숨을 몰아쉬고 있고 그나마 상태가 나은 몇 명이 단사천에게 다가와 무중극의 상태를 살피고 있다.

유일하게 추격이 가능할 단사천이 있었지만 누구도 쫓자는 말을 꺼내지는 않았다.

"아버님!"

주변에서 소란이 멎자 무너진 담장 사이로 나타난 무설이 비명을 지르며 달려왔다.

비단 홍의 곳곳이 검붉은 피로 얼룩져 있고 몇 곳에는 칼자국으로 보이는 흔적까지 있는 것을 보면 그녀도 격전을 치르고 온 듯했다.

"신월조는 부상자들 추슬러서 북문으로 간다! 삭월조는 내려가서 의원들 찾고 약방 잡아! 나머지는 경계를 유지하면서 북문으로 움직인다! 어서 움직여!"

낯이 익은 수위무사의 지휘를 따라 인원들이 움직였다.

병사들의 그것처럼 일사불란함이 느껴지는 움직임은 아니지만 적어도 방금 전 습격자들에 비해서는 훨씬 질서정연했다.

"비켜주세요. 일단 응급치료를 하겠습니다."

무사들 사이에서 모습을 드러낸 서이령이 곧바로 무중극에게 달려와 상태를 살폈다.

그가 패천방의 방주라는 점이나 그간 친분을 쌓은 무설의 부친이라는 점도 있었지만 그것만이 아니라 살아 있는 사람 중에서 가장 심한 상처를 입었기 때문이다.

그녀는 신체 곳곳에 박혀 있는 철편과 신체의 절반을 집어삼킨 화상에 눈을 찌푸리면서도 신중히 상태를 확인해 갔다.

"서 소저, 아버님은 괜찮으신가요?"

"방주님 상태는 어떻습니까?"

옆자리를 지키고 있던 무설과 상황 정리를 대충 끝낸 수위무사가 그렇게 물어왔지만 서이령의 얼굴은 굳은 채로 펴지지 않았다.

말로 표현하지 않아도 내용을 알 수 있을 것 같은 그 모습에 무설은 서이령을 다그치고 싶었지만 그럴 수도 없었다.

그저 머릿속으로 부정을 반복하며 서이령을 바라볼 뿐이었는데 결국 서이령의 입에서 나온 것은 그녀가 듣고 싶지 않았던 내용이었다.

"살아 있는 게 신기한 상태입니다. 그나마 내공으로 어떻게든 버티고 계시지만 아무래도 마음의 준비를 하시는 게 좋을 것 같습니다."

"그럴 리가……."

무설의 고개가 떨어지고 수위무사의 얼굴에도 그림자가 짙어졌다.

서이령의 입에서 나온 것이 빈말이 아니라는 걸 그들도 안다. 지금 무중극의 상태는 당장 죽어도 이상할 것 없는 정도였다.

숨은 간신히 이어지고 있고 맥은 점차 약해져 갔다. 피는 멎을 생각을 하지 않고 패기가 가득하던 눈은 흐려져 아무것도 보이지 않는 듯했다. 어디에서도 복건성을 한 손에 쥐고 흔들던 패자의 모습은 찾아볼 수 없었다.

"해… 선초… 촌… 으로……."

너무도 상태가 좋지 못해 손도 대지 못하고 있는데 그저 흙바닥에 누워 있던 무중극이 떨리는 입으로 그렇게 말했다.

"아, 아버님, 정신이 드세요?"

"방주님!"

"해… 선촌… 에… 가면……."

무설과 수위무사가 무중극의 작은 목소리에 반응해 무어라 소리쳤지만 이미 화탄을 정면에서 맞으며 고막이 전부 찢겨나가고 그 내부까지 망가진 무중극에게는 닿지 않았다. 무중극이 할 수 있는 것은 해선촌이라는 말을 반복하는 것뿐이었다.

"해선촌이 대체 뭐 하는 곳입니까?"

옆에서 듣고 있던 서이령의 물음에 수위무사가 답했다.

천주 북부에 위치한 작은 해안 마을로 특별할 것 없는 시골 마을이라는 설명에 더해 무중극이 젊었을 적 그 근처 해안 동굴에서 머물며 수련을 한 적이 있다는 말이 따라붙기는 했지만 딱히 특기할 만한 점은 없었다.

하지만 이렇게 무중극이 말하는 것을 보면 무언가 있는 것은 확실했다. 그게 무중극의 지금 상황을 해결할 수 있을지는 몰라도 말이다.

"여기서 북쪽으로 십 리 정도라고 했지? 그럼 혹시 거기일 지도 모르겠다."

그때 현백기의 갑작스런 참견이 끼어들었다.

서이령의 봇짐에서 튀어나온 현백기는 그대로 단사천의 머 리에 자리 잡았다.

"왕야, 여기서 나오시면……."

"괜찮아. 지금 여기 신경 쓰는 놈은 없으니까. 그보다 아마 그 해안 동굴은 영지일 거다. 확실하지는 않은데 그동안 돌아 다니면서 보니 대충 그 근처일 것 같다."

"예? 영지요?"

아무렇지 않게 말한 현백기의 답에 무설의 얼굴에 의문이 떠올랐다.

분명 그동안 영지를 찾아다닌 것은 사실이지만 여기서 영 지가 나올 이유가 무엇이란 말인가? 그런 의문이다. 그리고 왜 영지를 무중극이 계속해서 말하는가에 대한 것도 있었다.

"그래, 영지. 그나저나 해안 동굴인가? 하긴 그런 데 들어가 있으니 찾을 수가 없지."

그렇게 말하곤 꼬리로 단사천의 얼굴 몇 번 두드린 현백기 는 주변의 열기를 잠재울 정도로 진해진 태산의 영기에 만족 한 얼굴로 단사천의 머리에 달라붙었다.

"그런데 대체 왜 방주님께서는 영지를……?"

무사의 의문은 모두가 가지고 있는 것이었다. 서이령은 무중극의 상태를 조금이라도 완화시키기 위해 손을 쓰고 있으면서도 귀를 기울이고 있었고, 무설은 아예 현백기를 노골적으로 쳐다보고 있었다.

"그야 이 근처에 있는 영지는 목기를 담고 있으니까 그렇겠지. 목기는 아무래도 생명의 생장에 관여하는 법이니까 아마 거기에 가면 어떻게 살아날 방법이 있을지도 모른다."

의선문의 영지에 있던 토기가 약재의 기운을 북돋는 역할을 하고 태산의 영지가 빙정으로 인해 약재의 기운을 유지하는 역할을 하기에 인간이 직접적으로 받아들이고 다루기에는 어려운 힘이라면, 이곳 영지의 영기는 그 근간이 생명에 직접적으로 영향을 미치는 목기이기에 받아들이고 다루기에도 큰 어려움이 없었다.

무중극이 제대로 된 스승이나 무공도 없이 복건의 패자가 될 수 있던 것도 영지의 목기를 흡수해 왔기 때문이고, 그 목기의 힘으로 이런 치명상을 입고도 아직 숨이 붙어 있을 수 있었던 것이다.

"그럼 당장 그곳으로 방주님을 옮기면 되는 일 아닙니까?"

"그래요. 당장 마차를 준비해서……."

"무리입니다. 지금 움직였다가는 일각도 못 버티시고 숨을 거두실 겁니다."

현백기의 말로 펴져 있던 두 사람의 얼굴이 다시금 흙빛이 되어버렸다. 그들도 눈이 있으니 안다. 서이령이 하는 말은 전부 진실이라는 것을. 하지만 시도도 하지 않을 수는 없었다. 결심을 굳힌 무설이 일어서려고 할 때 현백기의 입이 다시 열렸다.

"가서 회복할 수 있을지 어떨지는 장담 못 하지만 거기까지 옮기는 건 할 수 있다."

"정말인가요?"

"이 녀석이 도와주면."

여전히 코를 툭툭 건드리는 현백기의 꼬리를 밀어내던 단사천은 모여든 시선에 어벙한 얼굴을 지을 수밖에 없었다.

七. 광미°

패천방에서 도망쳐 나온 참중방주는 계속해서 욕지기를 내뱉으며 부하들을 이끌고 천주 빈민가를 거쳐 한적한 항구에 도착했다. 새벽인 데다가 중심가에서 일어난 소란 때문에 항구 근처에는 사람 한 명 없이 조용했다.

"제기랄! 제기랄! 제기랄!"

목적은 달성했다. 패천방의 본거지를 습격해 전각 십여 채를 불태웠고, 적게 잡아도 백이 넘는 무사들을 죽이거나 더이상 검을 잡을 수 없는 부상을 입혔다. 그것만으로도 패천방은 복건의 패자 자리를 더 유지할 수 없는 상황이고, 패천방과 연관된 사업체에도 몇 가지 수작을 부려놨으니 당장 본거지인 천주에서도 패천방의 지배력은 약해질 대로 약해질 것이다.

거기에 무엇보다 패천방의 구심점인 패천방주 파철검군 무중극을 죽음 직전까지 몰아넣었다. 확실한 마무리는 짓지 못했지만 그래도 화탄을 정면에서 뒤집어쓰고 전신에 화상을 입은 상태에서 살아날 수 있으리라고는 보지 않았다. 하지만,

"거의 끝이었는데! 거기서 그 목을 놔두고 와야 하다니! 빌어먹을!"

무중극의 목에 들이민 그 검날을 당기지 못한 것에 대한 안타까움에 욕설은 끝없이 이어졌다. 오직 그것 하나만을 가지고 여기까지 왔다. 그런데 그것을 달성 직전에 저지당했다. 미칠 것 같은 분노의 이유였다.

"그놈이 죽는 모습을 내 눈으로 봐야 하는데!"

분명 무중극은 죽는다. 전신에 박힌 철 조각은 그것만으로도 죽음을 의심할 수 없게 만들었다.

그것으로 조금이나마 마음을 달래보지만 역시 무중극의 죽음을 직접 눈으로 보지 못했다는 점이 아쉬움으로 남았다.

"그래도 나는 네놈을 떨어뜨렸다."

빈민가를 나올 즈음에는 어느새 사그라든 분노 대신 기묘

한 충족감이 차올랐다.

'네가 쌓은 것이 무너지는 모습을 지켜보는 걸로 대신해 주마.'

그 목을 직접 베어내지는 못했지만 그가 이뤄낸 패천방이 무너져 내리는 모습이라면 목 대신으로 충분할 거라고 생각하며 집결 장소로 발을 옮겼다.

집결지인 항구는 사람이라고는 한 명도 찾아볼 수 없는 을씨년스런 모습이었다. 오로지 파도 소리가 전부인 그곳에서 방담은 이제 도착할 부하들을 기다릴 겸 미리 준비한 배들을 확인하려 했다.

"오오, 대단해. 정말 화려하게 저질러 주는군. 정말 감동이야. 다시 봤어."

"누구냐?!"

미리 준비한 배에서 걸어 나온 것은 흑의를 뒤집어쓴 괴인이었다.

싸움 뒤의 피로가 쌓였다고는 하나 추적을 경계해 긴장감만큼은 최고조를 유지하던 그들의 경계를 뚫었음에도 정작 방담은 아무렇지도 않은 얼굴로 괴인을 쏘아봤다.

"회에서 나왔소?"

웃고 있는 얼굴에서 풍겨져 나오는 광기는 익숙했다. 더욱이 전신에서 넘실거리는 저 마기는 그가 다른 증명을 하지 않아도 정체를 알 수 있게 했다.

"그래, 회에서 나왔다. 아무래도 너희가 다른 곳에 넘어가면 곤란해질 것 같아서 다른 놈들 손이 안 닿는 곳에 보내주려고 말이지."

괴인의 설명에 검을 뽑아 든 무사들의 얼굴에서 긴장감이 사라지고 안도의 한숨이 흘러나왔다.

도시 한복판에서 화탄을 터뜨렸으며 지역 유지들의 저택이 밀집한 중심부에서 수십 개의 전각을 불태우고 무수한 사람을 죽였다.

어쩌면 관리들도 그 혼란 속에서 몇 명 정도 죽었을지도 몰랐다. 당연히 앞으로의 일에 걱정을 하고 있었지만 마천회가 나서서 도와준다면 안심할 수 있었다.

관에서 화탄과 화약을 빼돌리고 지난 몇 개월간 수많은 무사들을 지원할 수 있을 정도의 능력을 가진 마천회였으니까. 하지만 방담은 오히려 얼굴을 굳혔다. 이미 마천회는 패천방 습격과 천주의 혼란이라는 그들이 원하는 바를 이뤘다. 자신들의 이용 가치는 이제 없는 것이나 마찬가지였다. 그런데 그런 이용 가치가 다한 것들을 위해서 이 미치광이들이 도움을 준다고? 의심을 거둘 수 없었다.

"그런데 왜 거기서 나오는 거요?"

"글쎄, 바닷바람이 추워서라고 하면 믿을까?"

때마침 불던 바람이 멈췄다. 그리고 피어나는 비린내는 바다의 그것과는 다른 비린내였고, 철의 그것과도 비슷하며 어딘가 익숙한 그 냄새의 정체를 고민하던 순간 사내의 소매가 보였다. 어두운 바다를 배경으로 한 흑의에서 떨어진 것은 붉은 피였다.

"괜찮아. 어차피 삼도천을 건너는 데 이런 배는 필요 없으니까."

"역시… 네놈들… 배신을… 크학!"

뒤로 물러나는 것 이상으로 빠르게 다가온 사내는 가슴께를 막아선 검을 부수고 그대로 살을 헤집으며 뼈를 부숴 심장을 움켜쥐었다. 너무 극심한 고통에 목이 막혔다.

"열심히 해줬어. 설마하니 파철검군을 죽기 직전까지 몰아붙일 거라고는 생각 못했지만 말이야. 아니, 이건 너희가 잘했다고 하기보다는 파철검군이 멍청했던 걸까. 아무튼 잘 가."

방담은 욕이라도 내뱉을 생각으로 입을 움직였지만 목까지 차오른 핏물에 소리는 말이 되지 못한 채 무너지듯 쓰러졌다. 그때 생각한 것은 바닷바람이 춥다는 것이었다.

"정리는 끝인가?"

"예, 흩어진 자들도 모두 처리가 끝났습니다."

"파철검군이랑 동홍왕은?"

"번견대가 추적 중입니다."

"그래? 그럼 야식이나 좀 먹고 합류할까?"

우드득!

기분 나쁜 파열음과 함께 피가 튀었다. 얼마간의 시간이 지나고 항구에 남은 것은 굳어버린 핏자국과 들짐승들에게 뜯어 먹힌 것 같은 사체 십여 구뿐이었다.

*   *   *

"이제 거의 다 와갑니다."

마부석에서 들린 그 말에 서이령의 얼굴에 안도감이 서렸다. 거의 폭주하듯 내달리는 마차 내부에 누워 있는 무중극의 상태를 살피는 것이 그녀의 일이었기 때문이다. 본래라면 이런 빈사의 환자를 태운 마차는 좀 더 조심스레 몰아야 하지만 상황이 급박했고 무엇보다 눈앞의 단사천과 현백기가 그것을 감수할 수 있게 했다.

"조금만 더 힘을 내봐."

"내공이 바닥입니다만……."

태산의 영기를 단사천이 몸속에서 어떻게든 끌어내면 그걸 현백기가 무중극의 몸으로 밀어 넣어 흩어지려는 신체 내부의 기운을 고정시켰다. 태산의 황실비고에서 약재를 보관하는 방법과 비슷한 것이었는데 태산의 영기가 '고정', '유지' 의 성질을 지닌 덕에 어떻게든 무중극의 상태를 현재에 고정시켜 영지까지 무중극을 옮기는 데 성공했다.

마차에서 내려서는 한층 느려진 발이었지만 어떻게든 현백기와 단사천의 한계에 닿기 전에 무중극이 수련했다는 해안 동굴의 입구에 닿을 수 있었다.

"여기인가요?"

"그래, 여기다. 안에서 영기가 흘러나오고 있다."

"방주님을 어서 안으로 모셔! 너희는 주변을 경계한다!"

동행한 무사들에게 경계를 맡기고 들어선 동굴 내부는 무엇인지는 알 수 없지만 빛을 내뿜는 벌레들로 가득했다.

반딧불이로 착각할 것 같은 그 벌레들이 만들어내는 빛은 미리 준비한 횃불 없이도 길을 확인할 수 있을 정도였는데, 문제는 내부로 들어가면 갈수록 점차 그 숫자가 많아지고 빛도 밝아진다는 것이었다.

어느 순간부터는 앞으로 나아가는 것이 힘들어질 정도였지만 무중극의 상태가 영지 내부로 들어갈수록 조금씩 나아지고 있었기에 멈출 수는 없었다.

그렇게 계속 앞으로 진행해 나가며 더 이상 눈을 뜨기 힘들 정도로 밝다고 생각했을 즈음 도달한 동굴의 끝 공동 한가운데에 자리 잡은 고목이 보였다. 고목의 가지에는 빛나는 벌레들이 앉아 있어 마치 빛으로 이루어진 나무처럼 보였다.

"저 나무 밑에 내려놔라."

인세에 있다고는 상상할 수 없는 광경에 넋을 놓고 있던 사람들은 현백기의 말에 정신을 차리고 무중극을 옮겨놓았다.

"이제 아버님은 괜찮은 건가요?"

동굴에 들어오기 전과 비교하면 확연히 편안해진 숨소리에 한숨 돌린 무설이 여전히 맥을 짚고 있는 서이령에게 물었다.

"좀 더 상태를 지켜봐야 하겠지만 고비는 넘기신 것 같습니다."

그렇게 말하면서도 서이령의 눈은 무중극에게서 떨어지지 않았다. 막말로 산송장이나 다름없던 무중극의 신체는 어느새 피가 멎고 당장이라도 끊어질 듯 가늘고 얕게 이어지던 호흡도 조금씩 깊어지고 있었다. 눈에 보일 정도의 속도로 상처들이 아물어갔다. 결코 지워지지 않을 것 같던 화상들이 사라지고 살 깊숙이 박혀 있던 철 조각들이 밀려나왔다. 눈으로 보면서도 믿기 힘든 광경이었다.

"정말 감사합니다, 서 소저, 그리고 단 공자님과 왕야께도 뭐라 감사의 말씀을 드려야 할지……."

"아닙니다. 의원으로서 이 정도는……."

"그래그래, 나보다는 이 녀석이 고생했지."

손사래 치는 서이령과 아무것도 아니라는 듯 꼬리를 흔드는 현백기 너머로 기진맥진한 채 쓰러진 단사천이 보였다.

"정말로 감사합니다, 단 공자님."

감사를 표하며 고개를 숙였지만 대답은 들려오지 않았다. 대답할 기운도 없을 정도로 힘을 쓴 것인가 하고 살펴봤지만 그렇게 힘들어하는 얼굴은 아니었다. 오히려 편안한 얼굴이었는데, 대답은 현백기에게서 들려왔다.

"영기 받아들이는 중일 거다. 건드리지는 말고 놔둬."

"아, 예."

그녀는 그대로 뒤로 한 걸음 물러서 눈을 감고 있는 단사천의 모습을 바라보았다.

땀에 눌어붙은 머리카락, 작게 이어지는 숨소리… 수염은 나지 않았고 이목구비는 굵지 않지만 선명했다. 지금은 눈동자는 맑지만 무언가 사건과 만나면 곧바로 탁해진다. 어깨는 의외로 넓고 손은 검수답게 굳은살로 가득해 투박했다. 신체 어느 한 곳도 단련되지 않은 곳이 없고 몸에서는 은은한 약재의 향기가 났다.

처음 만난 그날과 달라진 모습은 없었지만 그래도 왜인지 달라진 것 같았다. 조금씩 계속 단사천을 보던 눈이 바뀌고 있다는 건 자각하고 있었지만 그래도 이렇게 신비한 곳에 있는 탓인지 그 마음이 조금 더 선명하게 느껴지고 있었다.

조금씩 감정이 묘해지며 아직 완전히 자각하지 못한 마음이 선명한 모습을 드러내려 할 때 빛을 발하던 벌레들이 움직이기 시작했다.

느긋하던 광충들의 날갯짓이 빨라졌다. 천적을 발견한 것 같은 조급함이 서려 있는 날갯짓이다. 그 급격한 변화에 고비를 넘겼다고 마음을 놓고 있던 사람들이 당황하기 시작했다.

"왕야! 이건 대체……?"

"악취가 난다. 아무래도 뭔가 오기는 한 것 같다."

"설마 미행을……."

"그렇다고 봐야겠지. 어쩌면 이곳에 올 수 있을 정도의 치명상마저도 저놈들의 노림수였을지도 모르고."

어쩌면이 아니라 분명히 그럴 것이다. 말에는 약간의 여지를 남겨뒀지만 심정적으로는 이미 확신하고 있었다.

그렇지 않고서야 이렇게 빠르게 뒤를 쫓아온 것이 말이 되지 않았다. 그리고 무엇보다 피 냄새에 섞여 풍기는 마기 특유의 악취가 현백기의 코를 찌르고 있다.

그것도 이전에 만난 마인들의 그것과 비교해도 월등히 심각한 악취다. 마치 수백 구의 시체가 썩으며 만들어내는 것 같은 악취였다.

"아가씨! 밖에 웬 놈들이……!"

"큭! 일단 입구부터 막아! 좁은 곳에서 나오지 못하게 하면 그걸로 충분해! 시간을 벌어!"

"예!"

좁은 길목으로 사라진 두 무사를 보며 무설은 입술을 깨물었다.

'이걸로는 안 돼.'

무사의 양과 질 모두 부족했다. 이전의 마인들과 비슷한 수준이라면 지금 데려온 무사들로는 막을 수 없었다.

아무리 지형적 이점을 살려 버텨본다고 해도 개봉에서 만난 흑의 검사나 태산에서 상대한 청면수라처럼 대장 격의 인물들을 맞상대할 고수가 없는 것이 문제였다.

단사천은 영기의 흡수 때문에 얼마간 움직일 수 없었고, 무중극은 상처 치료를 이제 막 시작했다. 그나마 현백기가 있지만 이미 태산에서 본 것처럼 무력적으로는 그다지 기대할 수 없었다.

명백한 실수였다. 급박한 상황과 현백기의 비밀 유지라는 이유가 있었지만 영지에선 지금 일행의 무력적인 부분을 홀로 담당하는 단사천의 힘을 잠시나마 사용할 수 없게 된다는 점을 간과했다.

습격이 실패로 돌아가자 적들이 도주했다고 너무나 안이하게 생각했다.

'단 공자가 일어날 때까지 버틸 수 있을까?'

개의 머리를 본뜬 가면을 쓰고 있는 괴인들은 해안 절벽의 틈새를 노려보고 있었다.

그 앞에는 이미 진입을 시도하다가 목숨을 잃은 견면인(犬面人)들의 시체가 널브러져 있다.

번견대라는 이름에 걸맞게 추적과 경계에 특화된 그들로서는 힘으로 억지로 비집고 들어가야 할 이 상황에 대해서 무력하기 그지없었다.

번견대가 할 수 있는 일이라고는 주변의 다른 입구를 찾으며 포위 상태를 유지한 채 상황을 타개할 무력을 갖춘 존재를 기다리는 것뿐이었다.

단사천과 일행이 절벽 속의 영지로 사라지고 약 반 시진 정도가 지났을 무렵 광마가 피 냄새를 몰고 나타났다.

"혼천의 대리자를 뵙습니다."

수풀을 헤치고 나온 광마는 입가와 옷에 묻은 식인의 흔적을 지울 생각이 없다는 듯 굳은 핏자국을 아무렇게나 남겨놓은 채였다.

"수고들 했어. 그래서, 이 안쪽인가?"

"그렇습니다."

"이 안에 흑검에 귀독을 박살 낸 녀석이 있다 이거지? 기대

되는데?"

기대감을 감추지 않고 웃음으로 그것을 내보인다. 다만 광마의 얼굴에 떠오른 웃음은 흑검이나 귀독이 단사천을 앞두고 보인 웃음과는 다른 것이었다.

흑검이 호승심, 귀독이 호기심으로 단사천을 대했다면 광마의 웃음은 그저 순수한 식욕이었다.

"산에서 수련을 한 도사가 보혈을 가진 절정고수라니… 그야말로 극상이군. 대체 어떤 진미(珍味)일까?"

웃음을 띤 입가에서 침이 흘러내린다. 알기 쉬운 모습이다. 광마의 뇌리를 가득 메우고 있는 것은 식욕이었다.

"종주께서는 청의검협에 대해서 확실히 경계하라고……."

"알아. 알고 있어. 방심할 생각은 없어. 이미 세 명이나 그 점창파 도사에게 당했으니까. 하지만 기대되는 건 어쩔 수 없는 거야."

수하가 내뱉은 종주라는 단어에 흘러넘치던 침과 식욕은 어떻게든 지워냈지만 끓어오르는 것 같은 웃음마저 끊어낸 것은 아니었다.

"들어간다."

더 이상 참을 수 없다는 듯 절벽 틈새로 발을 옮기는 광마에게 견면인 중 하나가 다급한 경고의 음성을 발했다.

"앗! 조심하십……!"

푹!

막 해안 절벽의 틈새로 들어서려던 광마의 복부에 검이 박혔다. 절벽 내부에 갇힌 짙은 영기가 무사의 기척을 지우고 있던 탓에 광마는 반응조차 하지 못하고 박혀든 검을 바라볼 수밖에 없었다.

견면인이 경고한 것이 저것이었다. 저것에 당해 몇 명이나 죽었고 진입을 포기할 수밖에 없었다. 한 번에 한 명밖에 들어갈 수 없는 좁은 틈, 바깥과는 달리 환하게 비춰지는 광충들의 빛과 단련된 고수의 감각을 마비시킬 정도로 진한 영기는 진입과 동시에 행해지는 기습에 대응조차 할 수 없게 했다.

"한 놈 더 잡았다!"

의심의 여지가 없는 일격이 복부를 꿰뚫고 있다. 근육이 찢기고 그 안에 보호되고 있던 내장도 확실하게 손상되는 위치였다. 평범한 사람이라면 당장이라도 고통에 못 이겨 쓰러질 상처에 패천방의 무사는 방심했다.

아니, 방심이라고 할 수도 없었다. 검은 배를 뚫고 등으로 나와 있고 손에 느껴지는 감촉은 몇 개나 되는 내장을 찢어발겼다는 것을 전해온다. 당연히 무력화를 예상한다. 하지만 상대는 예상을 벗어났다. 그뿐이었다.

"그래, 잡았다."

짜증 섞인 그 한마디에 경악한 무사는 검을 뽑고 뒤로 물러나려 했지만 그보다 빠르게 내뻗어진 손에 목을 잡혔다.

"커헉!"

목을 잡혔다 싶은 순간 그대로 살점을 뜯어낸다. 짐승이 물어뜯은 것 같은 상처와 함께 피가 뿜어져 나왔고, 제압했다고 생각한 상대의 움직임에 뒤를 받쳐야 할 무사들의 움직임이 멎었다.

광마는 그걸 놓치지 않고 절벽 틈새로 열린 길로 들어섰다.

털썩.

목덜미가 뜯겨져 나가며 즉사한 무사의 시체가 만들어낸 소음에 간신히 정신을 붙잡은 무사들의 검격이 이어지지만 광마의 발걸음을 멈추지는 못했다.

"하나같이 미적지근하기는."

광마는 전신 요혈을 노리고 뻗어오는 검격을 아무렇지도 않게 전신으로 받아내곤 차례로 패천방의 무사들을 무력화시켰다.

"뭐야, 이놈?!"

"부, 분명히 손을 잘랐는데……!"

보통이라면 죽었을 치명상 정도가 아니다. 이미 몇 번이고 죽고 또 죽어도 이상하지 않을 정도로 광마의 전신은 난자당했고, 그걸 확인시켜 주듯 검은 장포는 누더기가 되었으며, 광마가 지나온 길에는 한 사람의 몸에서 나온 것이라고는 믿기 힘들 정도로 많은 피와 살점이 떨어져 있다.

"혼천의 대리자는 너희 같은 이교도에게 죽지 않는다. 어리석은 불신자들아!"

피를 흩뿌리며 잘려 나간 손가락이 다시금 자라나고 검에 꿰뚫려 망가진 눈이 마치 시간을 되돌리듯 멀쩡해진다.

불사괴룡공(不死怪龍功).

생명 그 자체인 선천진기를 대가로 불사라는 이름이 어울릴 정도의 경이적인 회복 속도를 선사하는 무공의 이름이다.

본래라면 남은 수명이나 다름없는 선천진기를 극도로 소모하는 무공의 특성상 남용할 수도 없고 남용해서도 안 되는 것이었지만, 이 마공을 손에 넣은 혼천종은 마교라 불리는 사교 집단답게 흡혈과 식인이라는 인간이 저질러서는 안 될 역천의 죄를 거듭 범하는 것으로 문제점을 해결해 버렸다.

지금 광마가 보여주는 모습이 바로 역천의 죄를 범하며 수백 명의 선천진기를 먹어치운 불사괴룡공의 모습이었다. 그야말로 미친 마귀와 기괴한 용이라는 이름에 어울리는 무공이었고, 불사괴룡공이 보여주는 기괴하기 짝이 없는 모습은 그 것을 직시하고 있던 패천방 무사들의 정신을 흔들었다.

"괴, 괴물!"

"이교도답게 혼천의 은총을 알아보는 눈도 없구나."

발작하듯 내지른 검이 어깨를 베어내 뼈가 드러날 정도의 상처를 입히지만 그것으로는 다가오는 발을 멈추게 할 수도, 피범벅의 손을 막을 수도 없었다.

우드득.

방어를 종잇장처럼 찢고 목줄기를 쥔 손은 한 치의 망설임도 없이 목뼈를 부러뜨렸다.

꾸르르륵.

"벌러지들 덕분에 배만 고파졌군."

광충들이 숨어버려 시체와 피, 죽음만이 난무하는 동굴을 배경으로 울려 퍼지는 공복의 신호는 기괴하기 짝이 없었다.

"식사를 하시겠습니까?"

"아니, 됐어. 괜히 시간을 줬다가 검군이 일어나 버리면 곤란하니까."

아직 무중극이 깨어나려면 시간이 남았을 테지만 여유를 부리다가 쉽게 끝낼 수 있는 일을 복잡하게 만들 필요는 없었다.

계획의 다른 후보자들이 연이어 실패해 상대적으로 주가가

솟은 지금은 더더욱.

"계속 들어간다."

손에서 흘러내리는 피와 살점을 털어낸 뒤 동굴의 심부로
향했다.

마기와 피비린내에 광충들이 도망친 탓에 빛 한 점 찾아볼
수 없는 어둠이 내려앉았지만 발걸음은 거침없었다.

도중에 몇 번이나 길을 막아서는 패천방의 무사들이 있었
지만 그들의 운명도 입구에서 핏물이 되어버린 자들과 그다지
다르지 않았다.

경계심 없이 그저 발을 옮길 뿐인 광마와 부하 마인들을
향한 패천방도들의 기습은 목이나 심장 같은 급소에 치명적인
상처를 남기지만 그뿐이었다.

무엇 하나 불사괴룡공의 벽을 넘을 수 있는 것이 없었다.
그들의 검은 단번에 마인들의 괴룡공을 깨부수기에는 너무나
약했고, 그렇게 되면 결과는 정해져 있었다.

"괴, 괴물들……!"

목을 관통하는 검을 아무렇지도 않게 달고 그대로 걸어오
는 광마와 전신 요혈에 빠짐없이 암기를 달고 다가오는 마인
들은 몇 번이고 들어온 그 절규를 가볍게 무시하며 신체에 박
힌 날붙이들을 뽑아낼 뿐이었다.

"진부한 놈들, 다른 반응은 없는 거냐?"

이제는 무어라 반응할 정신도 없는 듯 침을 흘리며 눈을 뒤집은 무사의 모습에 흥이 식어 머리로 손을 가져간다.

콰득!

손을 타고 흐르는 핏물을 시체의 옷에 닦아내고 발길을 재촉하자 얼마 지나지 않아 넓은 공동이 나타났다.

막대한 영기의 흐름과 그 중심에 있는 고목, 그리고 고목 아래 누워 있는 무중극과 그 앞을 가로막는 패천방도들을 보며 웃음을 숨김없이 내보였다.

"다행히도 늦지는 않은 모양이네."

八. 친언

코를 비틀어 버릴 정도로 짙은 혈향이 입구에서부터 풍겨
오고 얼마 지나지 않아 그것이 모습을 드러냈다.

붉은 피가 몇 번이나 굳고 또 덧씌워져 만들어진 얼룩의 누
더기와 마치 피 웅덩이에 빠졌다가 나온 것 같은 검붉은 피부
색의 인간 같지 않은 인간이다.

머리카락은 피와 살점으로 엉겨 붙어 있고 얼굴은 이목구
비를 겨우 알아 볼 수 있을 정도로 심각한 몰골이다.

웃으며 내보이는 이빨과 눈동자만이 새하얗게 빛나고 있었
는데, 그 새하얀 빛이 더욱 공포를 자아내고 있었다.

'시간이 부족해.'

무설은 혈향과 흉악한 기세에 무심코 뒷걸음질할 뻔한 것을 겨우 참아내고 입술을 짓씹으며 생각을 이어나갔다.

무중극의 상세는 눈으로도 알 수 있을 정도로 나아졌다. 전신을 뒤덮던 화상도 상당히 연해졌고, 몸속 깊이 박혀 있던 파편도 제거했다.

이대로라면 외상은 오늘 밤이 다 가기 전에 완치될 정도의 회복을 보여주고 있었지만 이미 마인들은 눈앞까지 다가왔고 무중극은 정신을 차리지 못하고 있었다.

고목 밑에 누운 무중극과 그 옆에 자리 잡고 가부좌를 튼 단사천에게서 시선을 거둬 이번에는 그녀 앞에 서 있는 열 명도 채 되지 않는 무사들과 고목의 구멍에 몸을 숨기고 상대의 틈을 노리고 있는 현백기를 보며 얼굴을 굳혔다.

나름 엄선한 무사들이지만 거칠 것 없이 마기를 뿜어내고 있는 마인들과 비교해 보면 차이는 극명했다.

앞선 무인들이 한 명도 도망치지 못했다는 점에서 마인들의 실력을 상상할 수 있었다.

'단 공자라도 정신을 차리면 길이 보일 텐데……'

무설은 어느새 단사천이라면 지금의 상황 정도는 어떻게든 해결해 줄 것이라 생각했다. 그렇게 믿고 있었다. 그리 오래 알아온 것은 아니지만 단사천의 싸움을 몇 번이나 지켜보면서 그녀 자신도 모르는 사이에 단사천을 인정하는 게 아니라 신뢰하고 있었다.

하지만 그 신뢰의 대상이 아직 눈을 뜨지 못하고 있었기에 그녀는 최소한 시간을 끌 방법을 강구해야 했다.

"네놈들이 배후……!"

"빨리 처리하고 가자. 배고프다."

조금이라도 더 시간을 벌기 위한 대화의 시도는 채 말이 반도 이어지기 전에 끊겼다.

가장 먼저 모습을 드러낸 피칠갑을 한 마인의 말에 뒤따르던 마인들이 일제히 움직이기 시작했다.

"철저하게 합격해! 무리해서 상대하지 말고 버텨!"

거기까지 말한 무설은 곧 싸움에 합류했다. 공동은 나름 넓었지만 입구는 좁았기에 주변을 포위한 패천방도들은 수적 우위를 유지한 채 한 수 위의 적을 상대로 어떻게든 버티고 있었다.

간혹 한 번씩 견제하는 것을 제외하면 섣불리 움직이지도 않았다. 이전과는 다른 상당한 무위의 마인들이었다는 것도 있지만 어디까지나 시간을 끌고 현재 상태를 유지한다는 목적에 충실한 움직임이었다.

'버틸 수 있어!'

무설은 파고들려는 움직임을 보이는 마인을 향해 검을 찔러 넣으며 속으로 되뇌었다.

이전에 태산이나 개봉에서 싸운 적들보다는 낮지만 느껴지는 기세에 비해서는 그리 위협적이지 않았다.

포위한 상태에서 합격한다는 전제라면 얼마든지 버틸 수 있었고, 무엇보다 아직 현백기가 움직이지도 않았다. 가장 강한 고수가 언제든 움직일 수 있는 상태라는 것에 조급해진 마음을 조금이나마 누그러뜨렸다.

'괴물이라는 비명이 조금 신경 쓰이지만……'

마인들이 모습을 드러내기 직전에 들린 괴물들이라는 절규가 신경 쓰이기는 했지만 무언가 특별한 의미가 있다고는 생각하지 않았다.

마인들을 으레 표현하는 단어가 괴물이나 악마였던 것이다.

그녀의 검은 우두머리로 추정되는 자를 정확히 찔렀다. 때문에 포위진에 틈이 생겼지만 분명 그녀의 판단에 잘못은 없었다.

심장을 노린 검이 생각보다 깊었다는 점도, 싸움을 시작할 때 뒤로 물러설 여력을 남기지 않았다는 점도 잘못이 아니었다.

그 심장을 꿰뚫어 목적을 달성했다면.

"하앗!"

카각!

심장을 꿰뚫은 검은 다시 비틀려 괴인의 상체를 휘저었다.

손끝에서 느껴지는 감각은 뼈를 스치는 날카로운 느낌과 살과 근육을 꿰뚫는 것이었다.

그것만으로도 절명에 이르는 상처였지만 무설은 거기서 그치지 않고 검을 비트는 것으로 상처를 넓히고 나서 검을 회수할 생각이었다.

그때, 괴인의 팔이 움직였다.

"어딜!"

검이 멈췄다.

피가 흐르는 손이 검날의 중간을 쥐고 있다.

"찌르려면 좀 더 깊게 찌르라고!"

이미 심장에 닿았을 것이 분명한 검이지만 광마는 그대로 무설을 향해 다가오며 동시에 검을 당겼다.

섬뜩한 소리를 내며 검날이 계속해서 광마의 몸속으로 사라져 가고, 이내 가죽이 찢어지는 소음과 함께 검첨이 등 뒤로 모습을 드러냈다.

그건 기괴하다 못해 두려울 정도의 광경이었다. 암흑가에서 치열하게 이뤄지던 문파 간의 항쟁을 눈으로 보며 자라온 무설조차도 한순간 이해를 거부하고 생각을 멈췄을 정도로 현실적이지 않았다.

스윽.

어느새 눈앞까지 다가온 광마의 혈수(血手)를 발견했지만 반응하기에는 늦었다. 그녀로서는 피할 수 없는 상황이었지만 다행히도 그녀를 주시하고 있던 현백기가 반응할 수 있는 속도였다.

"더러운 손 치워라, 이놈!"

찌익!

현백기가 그 손을 밀쳐내며 궤도가 어긋나 간신히 늦지 않은 시점에 발을 움직일 수 있었고, 옷깃이 찢겨져 나가며 쇄골과 어깨가 조금 드러나는 선에서 그칠 수 있었다.

"그래, 어딘가 숨어 있을 줄 알았지. 동흥왕도 나왔고 검은 여기 있군. 이제 무엇으로 더 시간을 끌어볼 거지?"

흥미롭다는 듯 눈을 빛내며 가슴에 박힌 검을 뽑아내는 광마의 모습에 무설은 다시 한 번 정신이 혼미해질 정도의 충격을 받았다.

마치 고통 따위는 느끼지 않는 것처럼 가볍게 검을 뽑아내는 것은 어떻게든 이해할 수 있었다.

통각을 마비시켰다거나 고통에 대한 내성을 기르는 마공도 있을 테니까.

하지만 검이 뽑히고 흘러나오던 핏물이 곧장 멎는 것은 이해할 수 없었다.

단순한 지혈이 아니라 피가 나올 구멍 자체가 사라졌다. 앞서서 광마를 상대하던 방도들이 지른 비명의 의미를 깨달은 순간이었다.

"괴… 물……!"

"정신 차려라! 아직 괜찮다! 더 버틸 수 있어!"

현백기의 외침에 겨우 정신을 되찾았지만 딱히 상황이 호전되는 것은 아니었다.

유일한 무기인 검은 빼앗겼고 적수공권의 상태로 펼칠 수 있는 무공은 검은 들었을 때와 비교해 한 수, 아니, 몇 수는 떨어지는 수준이다.

그리고 무엇보다 저 말도 안 되는 회복력과 고통을 무시한 채 달려드는 마인들은 무어라 대응책을 세울 수도 없는 악몽이었다.

어떻게 대처해야 하는지 전혀 떠오르지 않았다. 치명상도 의미가 없으니 공격 없이 방어에만 집중하라거나 어디 있는지도 모를 조문을 찾으라는 명령은 간신히 유지하는 균형을 무너뜨릴 것이 분명한 것이기에 할 수도 없었다.

"커헉!"

"어떻게……?"

결국 얼마 지나지 않아 무설에게 일어난 것과 비슷한 상황이 연속적으로 펼쳐졌다.

치명적인 급소를 노린 공격에 방심한 틈을 놓치지 않고 파고든 마인들에 의해 패천방도들은 일방적으로 밀리기 시작했다.

그나마 중상자나 사망자가 나오지 않은 것은 처음부터 격퇴가 아니라 시간을 끌라는 명령과 쉼 없이 움직이며 싸움을 조율하는 현백기의 힘이었다.

하지만 한번 기세를 내주자 더 이상 막아낼 수 없었다. 계속해서 위험한 상황에 몰린 방도를 구하내고 있는 현백기였지만 그의 몸은 하나였다. 그리 넓지 않은 공동, 그것도 입구 주변의 절반도 안 되는 범위에서 벌어지는 일이라고는 하나 현백기가 모두를 상대할 수는 없는 일이었고, 파국은 곧 닥쳐왔다.

"자, 잠깐… 끅!"

내보인 틈새를 향해 반사적으로 내민 검을 제때 회수하지 못한 대가는 가슴에 뚫린 구멍이었다.

비명을 지를 새도 없이 차오른 핏물에 소리는 묻히고, 다음 순간 그대로 쓰러졌다. 단 한 명의 죽음이었지만 간신히 유지하던 균형이 무너진다는 것을 뜻하는 것이기도 했다.

"죽어라! 불신자 놈!"

"커어억!"

한 곳이 무너져 숫자로도 진형이나 지리적 이점으로도 마인들을 억누를 수 없게 되자 현백기나 무설이 손쓸 틈도 없이 전체가 무너져 내렸다.

영지 곳곳을 덧칠한 피의 대부분은 패천방도들의 것이 아니라 마인들의 것이었지만 바닥에 나뒹굴고 있는 것은 모두 예외 없이 패천방의 방도들이었다.

"이각 정도인가? 불신자들치고는 열심히 했어. 칭찬해 주지."

광기가 번들거리는 눈동자는 비꼬는 것이 아니라 정말로 감탄하고 있다는 사실을 알려주고 있었지만 대상이 되는 무설이 느낄 수 있는 것은 지독한 자괴감이 전부였다.

'겨우 시간도 못 벌어서… 이 모양이라니…….'

개봉에 가기 전까지는 세상 모든 일이 어렵지 않을 것만 같았다.

무림에서는 변방 취급을 받지만 복건성과 인근 성시(城市)에서 패천방이라는 이름은 패자의 그것이었다.

또 활동을 하지 않은 탓에 어디에서나 통할 무명은 없지만 파철검군 무중극의 딸이라는 몇 마디 소개라면 어지간한 관인 이상으로 대접도 받았다.

수많은 무사들을 손짓과 고갯짓으로 움직일 수 있었고, 본신 실력도 다른 후기지수들에 비해 밀리지 않는다고 생각했다.

무엇이든 할 수 있을 것 같다는 전능감에 사로잡혀도 이상할 것 없었다.

하지만 개봉에서도, 의선문에서도, 태산에서도 그녀는 주역이 아니었다. 이리저리 끌려 다니는 조역이었고, 그나마도 그녀 본인이 할 수 있는 일은 수하들을 빌려주고 뒤에서 구경이나 하는 것이 전부.

치솟는 자괴감에 그녀는 고개를 들 수가 없었다. 적을 눈앞에 두고 시선을 떨어뜨리는 것은 무인으로서 있을 수 없는 행동이었지만, 월등한 전력의 마인들을 상대로 남은 아군이라고는 홀로 분전하는 현백기가 전부인 상황에서 마지막까지 버티라는 것은 어려운 일이었다.

"포기인가?"

그래도 가만히 죽음을 받아들일 정도로 포기가 빠른 성격은 아니었다. 아무것도 하지 못하고 끝난다는 것은 있을 수 없는 일이었다.

더욱이 미치광이 마인의 진심 어린 칭찬이나 당연하다는 듯 내뱉는 포기라는 단어에 속이 끓어오른 것도 있었다.

'적어도 한 방은 그 징그러운 얼굴에 꽂아줘야 직성이 풀리겠어!'

공포와 절망을 밀어낸 것은 분노였다. 잃어버린 호흡을 되찾고 시야 끝에 걸친 광마의 발끝을 확인해 거리를 쟀다.

검은 없지만 최소한의 호신공으로 권각술 정도는 익혔다. 내공은 충분했고, 이제 끝났다고 생각한 것인지 광마와 그녀 사이의 거리는 충분히 가까웠다.

어차피 마지막, 뒤를 생각할 필요도 없었으니 내공을 남기거나 내상 걱정 없이 그저 내공을 밀어 넣었다.

내뻗은 것은 수 싸움은커녕 묘리도 담기지 않아 기교라고는 찾아볼 수 없는 투박한 일권(一拳)으로 그저 분을 풀기 위한 초식이라고도 하기 힘든 저잣거리 주먹질이었다.

하지만 그래서 빠르고 강했다. 혈도가 담을 수 있는 한계를 무시하고 제어할 수 있는 한계를 무시한 채 내뻗은 주먹은 깨끗하게 광마의 안면에 직격했다.

쾅!

사람의 주먹과 얼굴이 부딪쳐 만들어낼 수 있는 소리라고는 상상할 수 없는 굉음이 울려 퍼졌다.

서로를 견제하며 그녀와 광마를 예의 주시하던 현백기와 마인들이 잠시 견제를 잊어버리고 무심코 바라볼 정도의 소리였다.

시각적으로 펼쳐진 것도 소리에 뒤지지 않는 참상이었다.

무설의 경우에는 내지른 손만이 아니라 축이 되는 다리에 이르는 혈도가 과도한 내공의 집중을 못 이겨 곳곳에 내출혈이 생겼으며 내공을 직접 발해야 한 주먹은 피로 붉게 물들어 있는 상태였다.

광마의 모습도 무설에 비해 더하면 더했지 못하지 않은 상황이었다.

기분 나쁜 파열음과 함께 돌아간 목은 있을 수 없는 각도까지 돌아갔고, 주먹과 맞닿은 부분은 피부와 살점이 모두 찢겨나가고 안와(眼窩)에서 광대, 코, 턱에 이르는 뼈는 원형을 알아볼 수 없는 수준으로 박살 났다.

그야말로 얼굴이 반쪽이 되어버린 모습이었지만 정신을 차리고 보면 어느새 근육이 이어지고 피부가 돋아나고 있었다.

"가만히 있으면 편히 끝내주려고 했는데 말이야."

어느새 충분히 발음이 가능할 정도로 회복된 광마는 질척한 살기를 풀어내며 다시 거리를 좁혔다.

"넌 산 채로 먹어주마."

힘이 들어가지 않는 다리와 움직이려 하면 격통이 솟아오르는 손, 무설이 할 수 있는 것이라고는 광마가 치켜든 손을 바라보다 눈을 감는 것밖에 없었다.

*   *   *

영지에 와서 영기를 받아들이고 신체 내부에서 이뤄지는

작용을 관조하기 위해 운기에 들어간 것까지는 기억하고 있었다.

체감상으로는 한 시진을 약간 넘긴 정도. 그런데 눈앞에 펼쳐진 상황은 한 시진 전의 모습과는 상당히 많이 바뀌어 있었다.

가장 먼저 제대로 서 있는 사람이 거의 없다는 것.

함께 들어온 패천방의 무사들은 죽었거나 죽기 직전의 상태로 쓰러져 신음을 내뱉고 있었는데, 겉보기에는 꽤 심한 상처였지만 영기가 작용하는 탓인지 당장 죽을 것 같은 사람은 없었다.

거기에 옆에 있는 무중극은 여전히 깨어나지 않았고, 서이령은 그 앞에서 아무것도 하지 못한 채 안절부절못하고 있었다.

현백기는 검붉은 넝마를 뒤집어쓴 괴인들을 상대로 이빨을 드러내고 있었고, 무설에 이르러서는 살기와 마기를 아낌없이 뿜어내는 광인 앞에서 무릎을 꿇고 있다.

'하아, 또……'

생각하고 고민할 필요도 없이 전후가 확실한 상황이다.

이번도 마교도들의 습격이었다. 일행의 뒤라도 쫓았는지, 아니면 그저 우연히 이런 상황에 마주친 건지는 중요하지 않았다.

해야 할 일은 명백했다.

단지 무병장수라는 소박하고 사소한 꿈을 위해서 천하에서 가장 위험한 종자들과 마주해 싸워야 한다는 점이 끝없는 한숨을 만들어낼 뿐이었다.

'거기에 한숨이나 쉬고 있을 여유도 없군.'

가부좌를 풀고 자세를 바로 할 여유도 없었다. 다행히 검은 손이 바로 닿는 거리에 있었지만 지금 무설의 머리 위로 뻗어오는 마인의 일 수를 늦지 않게 처리하기 위해서는 어떻게든 상체만으로 검초를 뽑아내야 했다.

땅을 밟는 과정이 없어 힘은 절반 이하로 떨어졌고, 떨어진 힘만큼 속도도 줄었다. 그래도 어떻게든 늦지 않았다.

검은 선이 이어졌다.

파앙!

검은 선의 뒤를 소리가 약간의 시간 차를 둔 채 찾아오자 광마의 손이 중지와 약지 사이의 틈새에서부터 팔꿈치까지 갈라졌다.

무설의 머리카락을 움켜쥐기 위해 뻗은 손은 그녀의 머리에 닿을 즈음에는 두 조각이 되어 더운 피를 흩뿌려내고 있고, 갑작스런 상황 변화에 무설은 오히려 정신을 차릴 수 있었다.

광마가 당황하는 사이 무설은 몸을 뒤로 날려 이제 막 일어나려는 단사천의 품에 안겼다.

어정쩡한 자세로 단사천의 품에 안긴 무설은 추위에 떨듯 작게 떨었다.

"깨어나셨군요!"

"빨리도 일어나는구나!"

서이령과 현백기의 안도가 섞인 외침이 동시에 들려왔다. 그러자 무설은 곧바로 품에서 떨어져 나와 서이령의 옆으로 자리를 옮겼다.

붉어진 무설의 얼굴이 단사천의 눈에 가득 들어왔다.

"이런, 깨워 버렸나?"

아직도 피가 흐르고 일그러진 상처가 보이기는 하지만 어느새 다시 하나가 되어버린 손으로 머리를 긁고 있는 광마가 보였기 때문이다.

"조용히 끝내려고 했는데 마지막에 흥분한 것 때문인가. 뭐 일어나 버린 이상 어쩔 수 없지."

한숨을 내쉬는 광마를 보며 단사천은 자세를 바로잡았다.

마치 한 자루 명검처럼 예기를 내뿜는 단사천과 대비되듯 느긋한 모습의 광마였지만 실상은 그 속에 낭패감을 감추고 있었다.

'뭐지, 이 기운은? 괴룡공의 기운이 밀려난다고?'

팔이 찢기며 파고든 기운이 회복을 방해하고 있었다. 수십 명 분의 선천진기를 쏟아 붓고 있음에도 이 한 줌도 안 되는 기운이 굉룡공을 흐트러뜨리고 있었다.

그나마 절대적인 양에서 압도하기에 점차 그 정체 모를 기운이 흩어지며 회복이 이뤄지고 있었지만 동일한 상처를 회복할 때에 비해 몇 배는 많은 기운을 소모해야 했다.

'태을진기나 현천진기도 이런 일은 불가능해. 아니, 애초에 점창의 무공은 맞는 건가? 단가의 비전이라도 되는 건가? 대체 이 기운은 뭐지?'

혼천종의 개조를 거친 탓에 불사괴룡공은 정종무공과는 상극의 위치에 서 있다.

하지만 그 이름 높은 소림의 신공이라도 괴룡공의 마기를 위축시키는 것이 전부였다. 그런데 이 기운은 괴룡공의 기운을 침범하고 흐트러뜨린다. 단 한 줌으로도 위협을 느낄 정도였다.

패천방에서 유일하게 절정의 벽을 넘어선 무중극이 생사의 갈림길에 선 지금이라면 쉽게 끝날 일이라고 생각했지만, 이런 기운을 지닌 상대라면 그도 귀독이나 청면수라와 같은 꼴을 당하지 않는다고 장담할 수 없었다.

다른 후보들을 제칠 수 있는 기회를 포기하는 것은 마음에 들지 않았지만 그렇다고 그의 근간인 괴룡공이 무너뜨릴 가능성 있는 적을 상대로 싸우는 것은 피하고 싶었다.

결정적으로 숨겨져 있던 위치를 알게 된 이상 영지는 지금이 아니더라도 얼마든지 다시 찾아올 수 있었다.

"철수한다."

"알겠습니다."

예상을 벗어난 움직임과 말에 단사천과 두 여인이 당황하는 사이 마인들은 출구를 향해 몸을 옮기려 했지만 아직도 이빨을 드러내고 있는 현백기가 있었다.

"어딜 멋대로 가는 거냐! 썩을 껌댕들이!"

당장에라도 달려들 것 같은 현백기의 기세에 막 발을 옮기려던 마인들의 발이 멈췄다.

아무리 현백기가 영물치고는 전투력이 낮다지만 무시할 수 있는 수준도 아니었고, 무엇보다 현백기와 상대하다가 단사천에게 틈을 보인다면 회복하기 힘들 정도로 당할 가능성도 배제할 수 없었다.

"너무 날카롭네. 서로 그만 싸우는 게 좋지 않겠어?"

"뭐?"

"그쪽 도련님은 어떻게 생각하나? 나는 더 싸우고 싶지 않은데 봐준다면 이대로 도망갈 생각이지만, 어때?"

현백기의 말을 무시하고 단사천 쪽으로 고개를 돌린 광마의 말은 그야말로 적반하장이었지만 단사천으로서는 고민하지 않고 고개를 끄덕이고 싶은 제안이었다. 알아서 도망치겠다는 적을 추격하고 끝난 전투를 이어가고 싶은 마음 따위는 없었다.

하지만 광마를 신용할 수 있느냐의 문제와 여기서 이대로 놓쳐도 좋은가에 대한 문제가 남아 있었다. 만약 광마가 이대로 동굴을 벗어난 뒤 입구에서 화탄을 터뜨린다면 그들은 생매장을 당할지도 몰랐고, 여기서 광마를 잡는다면 그들의 목적이나 계획에 대해 알 수 있을지도 몰랐다.

현재의 안락함이냐, 아니면 현재의 안락함을 희생해서 미래를 손에 넣느냐의 고민은 생각할수록 한쪽으로 기울어져 갔다.

그렇게 짧은 고민을 끝내고 대답하려 했지만 그보다 먼저 말을 한 사람이 있었다.

"그게 대체 무슨… 당신들이 죽인 사람들이 보이지 않습니까!"

바닥에 쓰러진 패천방도들을 살피고 있던 서이령이 광마의 말에 반사적으로 고함을 지른 것이다.

일방적인 습격과 학살, 그리고 그 과정에서 보여준 광기는 대화와 타협의 대상이 아니었다. 그런데 이제 와서 본의가 아니라고 말한들 '그렇습니까?' 하고 넘어갈 수는 없었다.

"아아! 막으니까 그렇지, 막으니까. 협조적으로 나와 줬다면 우리도 싸우지 않았다고. 싸우지 않고 넘어갈 수 있으면 제일이잖아?"

"웃기지도 않는 소리를……."

"그래서? 그럼 거기 널브러진 것들부터 처리하고 다시 싸울까? 나는 그래도 괜찮은데?"

여전히 낭패감을 숨기고 평정을 가장하고 있는 광마였지만 그 속을 읽을 길이 없는 서이령은 당장 아무것도 할 수 없는 자신의 처지를 떠올리고는 입술을 깨물었다.

다시 싸우게 된다면 그녀가 할 수 있는 일은 아무것도 없었다.

싸움이 끝나고 난 다음이라면 그녀가 할 일이 있겠지만 지금은 단사천과 현백기가 거추장스럽지 않게 뒤에서 응원하는 것이 전부였다.

결국 피가 배어나올 정도로 입술을 씹던 서이령은 그저 고개를 돌려 버릴 뿐이었다.

"너는 어쩔 셈이냐? 저것들, 놔줄 생각이냐?"

어느새 단사천의 어깨에 자리 잡은 현백기가 작은 소리로 물어왔다.

방금까지 결코 보내줄 생각은 없다는 듯 내뿜던 기세와는 별개로 현백기는 단사천이 그렇다고 대답한다면 동의할 생각도 하고 있었다.

주 전력이라고 할 수 있는 단사천은 운기를 끝내고 방금 막

선언 239

일어난 상태.

움직일 수 있는 건 자신과 단사천 단둘인 반면 상대는 아직 한 명도 쓰러지지 않은 데다 괴물 같은 재생력의 한계도 알 수 없다는 부담감을 느끼고 있었기 때문이다.

하지만 단사천의 입에서 나온 대답은 현백기의 예상을 벗어난 것이었다.

"아뇨, 여기서 잡을 생각입니다."

놀란 기색의 현백기에게는 눈길도 주지 않은 채 단사천은 산동성에서 출발하며 한 다짐을 떠올렸다.

'난 조용히 평온한 인생을 살 거야. 난 누구보다도 행복하게 살겠어.'

그러기 위해서 조금 고생한다고 해도 앞으로 더 오랜 시간을 평온하고 조용하게 살기 위해서라면 지금을 희생할 각오가 되어 있었다.

생각을 정리한 단사천이 마인들을 노려보며 말했다.

"여기서 저 마인들을 놔준다면 밖으로 나가서 매복할지도 모르고 어쩌면 화탄을 터뜨려 저희를 생매장시킬지도 모릅니다."

작은 목소리이기는 했지만 별다른 소음도 없는 곳이기에

그 말을 듣지 못한 사람은 없었다.

"너무하는군. 사람을 앞에 두고 그렇게 말하다니. 그게 걱정된다면 내 이름, 아니, 혼천에 걸고 맹세할 수 있다. 그럴 일은 없어."

광마는 쓴웃음을 지으며 그렇게 말했지만 단사천의 눈빛은 여전히 단호했다.

"그걸 어떻게 믿지?"

혼천이 무엇인지는 모르지만 아마 광마나 그 옆의 마인들의 반응으로 볼 때 그들이 숭배하는 것이라는 정도는 유추할 수 있었다. 그들에게 있어서는 상당한 가치를 지닌 단어일 테지만.

"우리 혼천종의 교도들은 혼천에 걸고 한 약속은 무슨 일이 있어도 어기지 않는다."

단사천과는 관계가 없었다.

"믿을 수 없다."

"이놈, 감히 불신자 주제에 우리의 믿음을 어떻게 보고!"

광마는 아니다. 다른 마인이 외친 말이었는데 광마나 다른 마인들도 비슷한 생각인 것 같았다. 하지만 여전히 단사천과는 관계가 없었다.

"나는 늦어도 자시 초에는 잠들고 묘시 말이면 일어난다. 취침 전과 기상 직후는 늘 가볍게 몸을 풀고 운기를 하지. 단

하루도 수련을 빼먹지 않고 균형 잡힌 식사와 함께 휴식도 충분하게 취한다. 그 노력 덕에 누구나 나를 보며 하늘이 내린 근골과 자질을 지녔다고 감탄했지."

"무슨 소리를 하는 거냐?"

"나는 언제나 평온을 바라며 살아가는 사람이다. 승패에 연연하지 않으며 아무리 사소한 것일지라도 문제나 적 따위는 만들지 않고 살아가려 했다."

"우리를 무시하는 거냐?!"

단사천이 계속 다른 소리를 하자, 결국 광마 뒤편에 서 있던 마인이 참지 못하고 앞으로 나왔다.

겨우 두 발자국, 거리로 따지면 이 장이 조금 넘는 거리.

충분한 사정권이었다.

파앙!

단사천의 허리춤에서 시작된 그 검은 선이 강렬한 파열음과 함께 앞으로 나선 마인의 목덜미로 이어졌다.

어느새 뽑혀 나온 검에는 미세한 금이 거미줄처럼 퍼져 있고 검날은 이가 빠져 있다. 하지만 사람들의 시선은 검에 있지 않았다.

눈을 깜빡일 수도 없는 찰나가 지나자 마인의 목이 허공을 날고 있고, 흩뿌려지는 핏물을 쫓아 사람들의 시선이 그곳에 모였기 때문이다.

"너희는 방해물이자 적이다. 그것도 위험을 감수하고 평온을 희생하지 않으면 안 될 정도로 지긋지긋한."

수 초간의 체공을 끝으로 경악스런 표정을 지은 마인의 머리가 땅에 떨어졌다.

그러자 한계가 존재하지 않을 것 같던 재생력도 떨어져 버린 목을 어떻게 하지 못하고 남아 있던 몸도 곧 쓰러졌다.

"너희를 제거하겠다."

그건 꽤나 늦은 선언이었다.

보통 사람이라면 처음 개봉에서 습격을 당할 때 해도 좋았을 선언이지만 머리를 싸매고 보신만을 위해 물러서고 시비에서 도망치려 했다.

하지만 그것도 여기까지였다.

나의 보신을 방해하는 자는 치워 버린다.

"이교도 놈이 감히!"

또 한 명의 마인이 뛰쳐나왔다. 마치 분노에 휩싸여 무작정 나선 것 같은 움직임이었지만 눈빛은 차가웠다.

파앙!

마인의 목덜미를 향해 검은 선이 그어졌지만 목적한 목이 아니라 목을 보호하던 손이 팔뚝 중간에서부터 잘려 떨어졌다. 처음부터 염두에 둔 노림수였다.

급소, 그중에서도 방금 동료 중 하나가 당한 것처럼 목을 노릴 거라는 예상을 하고 오로지 목을 보호해 일격을 받아 넘기고 거리를 좁힐 생각이었던 것이다.

'팔이 그대로 잘려 버린 건 예상 밖이지만.'

예상한 것 이상의 파괴력이 선사한 선명한 고통과 팔이 잘려 나간 탓으로 균형이 어긋났지만 그럼에도 속도는 줄지 않았다. 눈 깜짝할 새에 거리를 단숨에 좁혀오는 맹렬한 경신법이었다.

이윽고 목표한 거리에 도달했다. 팔을 뻗으면 그대로 상대에게 닿을 수 있는 거리. 검보다도 권각이 더 유리한 지근거리까지 도달한 마인은 눈을 빛내며 전력으로 팔을 휘둘렀다.

청면수라의 청혈강조에 비하면 부족하지만 눈에 보일 정도로 짙은 마기에 둘러싸인 팔은 무시할 수 없는 흉기였다. 스친다고 해도 살을 찢고 뼈를 부술 위력이 담겨 있는 일격임은 확실했다. 하지만 단사천은 그 자리에서 움직이지 않고 있었고, 마인의 얼굴에 득의의 미소가 떠올랐다.

'잡았다!'

퍼어엉!

갑작스레 울려 퍼진 화탄의 그것과 맞먹는 폭음이다. 놀라거나 반응할 새도 없이 격통이 달렸다.

"흐어어억!"

이번에는 반대쪽 팔이 어깻죽지에서부터 잘려 날아갔다. 불길로 지지는 것 같은 고통이었지만 광기에 가까운 신앙심과 치사량에 이를 정도의 마약이 이내 고통을 지워냈다.

"이 불신자 노오오옴!"

균형이 무너진 몸 그대로 단사천을 향해 내던지듯 뛰어올랐다. 아니, 뛰어오르려 했다.

쓰윽.

선명한 절삭 음과 함께 몸이 단사천에게서 한참이나 벗어난 지면에 떨어진다. 충격에 뒤이어 자갈에 얼굴이 찢겨나간다. 하지만 이번에는 고통을 느낄 시간이 없었다.

잘그락, 철컥!

미묘하게 어긋난 검과 검집이 만들어낸 소음이 들리고, 마인은 자신의 눈에 보이지 말아야 할 것이 보이고 있는 것을 깨달았다. 처음이자 마지막으로 보는 자신의 등이었다.

*   *   *

"으음."

뛰쳐나가려는 부하들을 제지하며 광마는 침음을 흘렸다.

처음 앞으로 나선 부하의 목을 벤 쾌검과 방금 쓰러진 부하의 양팔과 다리를 자르고 머리를 벤 다섯 번의 검격 중 어떤 것도 눈으로 쫓을 수 없었다.

그저 상처가 생기고 허공에 남은 검은 잔상만이 검을 뽑았다는 것을 알려왔다. 그것마저 없었다면 검을 뽑았는지도 알 수 없었으리라.

본래는 방금 뛰쳐나간 부하가 어떻게든 틈을 만들면 한꺼번에 몰아쳐 단숨에 승기를 결정지을 생각이었다. 하지만 그럴 수 없었다. 단지 속도에 뒤지는 것이라면 부하들을 제지할 필요도 없었지만 움직일 수가 없었다.

'위험해.'

팔을 당할 때 몸에 파고든 기운이 상처를 회복시키려는 괴룡공의 힘을 방해하는 것에 의문을 품었고, 그 의문은 지금 부하들이 너무나 쉽게 죽어버리는 것을 보며 확신으로 변했다.

단사천의 쾌검이 위력적이기는 했지만 겨우 목이 떨어진다고 곧장 죽어버리다니 있을 수 없는 일이었다. 인간이라면 무공을 익혔든 그렇지 않든 목이 떨어진다는 건 완전한 죽음을 의미하지만 불사괴룡공을 익힌 자들은 달랐다.

역천의 마공으로 회에서도 엄선된 자들만이 익히는 것을 허락받은 무공은 목이 떨어져도 짧게는 수십 초에서 길게는 이 각 정도까지도 목숨을 유지할 수 있게 인간을 개조했다.

이곳에 있는 마인들도 그 정도는 충분히 가능했고, 이곳에 오기 전 먹어치운 선천진기의 양을 생각한다면 잘린 목을 몸에 다시 붙여놓고 간단한 외과 시술을 동원하는 것으로 어렵지 않게 되살아날 수 있을 정도였다.

하지만 지금 앞에서 쓰러진 두 명 모두 목이 베이고 단 몇 초의 여유도 없이 그대로 절명했다. 저 검격이 불사괴룡공에 직접적인 영향을 주지 않고서는 있을 수 없는 일이었다.

'괴룡공이 깨졌어.'

단사천은 강했다. 그건 의심할 여지가 없었다.

쾌검으로는 천하일절인 점창에서 수학했고 엄청난 양의 영약을 먹으며 내공을 쌓았다. 거기에 재능과 노력이 더해졌으니 강하지 않은 것이 이상했다. 또래에서는 독보적이고 한 세대 위의 고수들과 비교해도 밀리지 않을 정도이다. 그 정도라면 쾌와는 거리가 먼 무리에 치중한 광마가 검을 볼 수 없는 것도 이해할 수 있었다.

하지만 그런 것은 아무래도 좋았다.

문제는 단사천의 강함과는 별개로 광마의 근간이 되는 불사괴룡공이 너무나 쉽고 간단하게 무너졌다는 것.

예상하기는 했지만 현실로 다가오는 것은 충격의 크기가 달랐다.

'이 기운이 종주께서 경고하신 그건가?'

날카롭게 뿜어져 나오고 있는 단사천의 기운에 전신에 가득한 불사괴룡공의 기운이 요동치고 있었다. 직접적으로 맞닿

고 있는 상태도 아니었지만 천적을 만난 동물처럼 기운이 두
려워하고 있었다. 영지 가득한 영기를 상대로도, 형산의 도력
높은 도사들을 상대로도 보여주지 않던 모습이다.

'뭐가 어떻게 되었든 단순한 쾌검이 아니야.'

그간 비할 데 없는 무공이라 믿어온 불사괴룡공은 더 이상
무적의 보의(保衣)가 아니었다. 예기를 줄기줄기 뿜어내는 단
사천이라는 검 앞에서 불사괴룡공의 힘은 옷 하나 걸치지 않
은 맨몸이나 다를 바 없었다. 무언가 단사천의 검을 막아줄
다른 것이 필요했다.

'번견대를 버림 패로 써야 하나. 돌아가면 한 소리 듣겠군.'

혈교와 혼천종이 협력해 만들어낸 번견대는 회에서도 특수
한 부대였다. 그런 부대를 단순히 도주용 시간 벌기에 소모한
다는 것은 아까웠지만 광마와 그 호위들이 지닌 가치에 비하
면 희생해도 괜찮은 수준이다. 고민이 끝나고 결정을 한 이상
망설임은 없었다.

품에서 작은 목조 피리를 꺼내 힘껏 불었다. 들린 것은 마
치 바람이 빠지는 것 같은 힘없는 소리였지만 광마의 갑작스
런 행동에 단사천은 반사적으로 검 손잡이를 더욱 강하게 쥐
었다.

태산에서 습격한 마인들처럼 무언가 수를 써온다고 생각했
지만 아무 일도 벌어지지 않았다. 마인들은 여전히 출구 근처

에서 방어 자세를 취한 채로 이쪽을 경계하고 있었고, 일행 중에서도 무언가 이상이 생긴 것 같은 사람은 보이지 않았다.

"큭, 귀가……."

현백기만이 그중 유일한 예외였다. 사람의 귀에는 들리지 않지만 동물의 귀에는 날카롭게 박혀드는 소리에 현백기가 반사적으로 귀를 움켜쥐었다.

"왕야!"

"호들갑 떨 것 없다. 그냥 귀가 아픈 것뿐이니까. 그보다……."

고개를 몇 번 흔드는 것으로 귀에 남은 소리를 흩어낸 현백기는 광마가 있는 방향으로 이빨을 드러내며 으르렁거렸다. 무언가 또 가까워지고 있었다.

다수의 발소리와 옷자락이 흩날리는 소리가 숨길 기색도 없이 들려오기 시작했고, 얼마 지나지 않아 개의 모습을 본뜬 가면을 쓴 괴인들이 모습을 드러냈다.

九. 결착

"그건 바깥에 있는 지원을 부르기 위해서였나."

견면인의 무리는 공동을 가득 메울 기세로 진입해 왔다. 전투를 하기 힘들 정도로 빽빽하게 들어차기 시작한 번견대는 전력으로 사용하기에는 무리가 있는 모습이었지만 광마가 처음 생각한 것처럼 단사천의 검을 막을 방패로 사용하기에는 적격이었다.

"가라! 시간을 벌어라!"

"혼천의 뜻대로!"

못해도 수십 명은 될 인원이 똑같은 옷과 똑같은 가면을 쓰고 일제히 돌아보는 장면은 위압감을 주기에 충분했다.

"이게 대체……."

"뭔지는 몰라도 이러다간 저놈들 놓친다!"

현백기는 작은 몸집을 살려 견면인들 사이로 파고들었고, 이내 모습이 보이지 않게 됐다. 견면인의 무리 사이에서 이는 소요로 위치는 특정할 수 있었지만 역시나 너무 밀집한 탓에 제대로 움직이지 못하는 견면인들에게 잡힐 정도로 현백기는 만만하지 않았다.

거기서 시선을 돌려 정면을 바라보면 가까워지는 견면인들이 보였다. 광마와의 직선상에 몸을 끼워 넣듯 몸을 던져온다. 공격도 뭣도 아닌, 말 그대로 인간 방패 그 자체였다.

얼핏 보인 광마의 검은 옷자락도 이내 밀려든 견면인들에 막혀 보이지 않았다. 거리는 더욱 멀어졌고, 그 사이에는 적게 잡아도 열 명은 될 견면인들이 있었다. 검이 닿기에는 어림도 없는 거리였지만 그렇다고 이대로 그냥 보내줄 마음은 추호도 없었다.

"흡!"

짧게 끊은 숨과 함께 검을 내쳤다. 전방을 가득 메운 적이지만 적의 수준은 아무리 높게 쳐준다고 해도 무음에 이른 무광검도에 반응하기에는 부족했다.

흑검처럼 마주 정면에서 속도로 경쟁할 수 있는 것도 아니었다.

귀독처럼 뒤를 걱정하며 싸워야 할 것도 아니고 청면수라처럼 검이 들어가지 않는 외공이 있는 것도 아니었다.

광마처럼 인간을 초월한 재생력으로 즉사할 수준의 급소가 아니라면 버텨낼 수 있는 것도 아니었다.

견면인들을 상대한다면 가볍게 검을 내질러 최소한의 힘으로 얕게 베어내는 것으로 충분했다. 가벼워진 검격은 더욱 빨라지고 검은 검의 궤적과 폭음은 허공을 가득 메워 나갔다.

파아앙! 파앙!

견면인들이 달려드는 만큼 단사천도 앞으로 다가갔다. 거리가 좁혀질수록 검을 휘두를 간격도 좁아졌지만, 반응할 수도 없는 압도적인 속도가 그런 유불리를 무시하고 일검일살(一劍一殺)의 기세로 견면인들을 베어냈다.

절명한 동료의 시체를 방패 삼아 몸을 던져오는 놈들도 마찬가지였다. 틈을 찾을 필요도, 몇 번에 걸쳐 연속으로 검초를 펼쳐낼 필요도 없었다.

"핫!"

퍼어엉!

묵색의 선이 폭발하듯 견면인의 시체를 베어 가른다. 묵색의 검기는 그것으로도 모자라 그 뒤에서 달려드는 견면인 둘을 더 집어삼키고 나서야 겨우 흩어졌다.

그렇게 겨우 한 걸음 걷는 동안 다섯 명의 견면인이 쓰러졌다. 여전히 견면인들의 숫자는 적지 않았지만 광마와의 직선상에 놓여 있던 견면인들의 절반이 사라졌다. 빽빽하게 들어찬 시야가 트이고 마침내 쓰러지는 견면인들 사이로 광마의 검붉은 장포가 보였다.

"보였다."

검을 검집으로 되돌렸다. 가볍게 맞물리는 소리가 들리고 옷 위로도 알 수 있을 정도로 양팔의 근육이 부풀어 올랐다. 혈도와 근육 사이로 거대한 내공이 흐른다는 증명이다.

단전에서 맹렬한 기세로 뿜어져 나오는 기운은 근육과 혈도가 버틸 수 있는 한계를 넘어선 것 같았지만 전신에 가득한 목기(木氣)가 그것을 억누르고 있었다.

목기는 마치 나무가 대지에 뿌리를 내리듯 신체에 자리 잡자 강물에 깎여 나가는 것처럼 흩어지던 토기(土氣)를 묶었다. 그것으로 혈도는 더 굳건해지고 혈도를 따라 흐르던 수기(水氣)는 보다 맹렬해졌다. 그러면서도 서로 조화를 이뤄 한계를 더욱 높여 나갔다.

점차 완성되는 천심단의 공능이었다.

"놓치지 않아."

한 걸음 앞으로 내디디며 허리를 뒤틀고 딛는 발은 거목처럼 굳건하게 대지를 디뎠다. 흐르는 내공은 거센 강물처럼 내달렸다.

신체 말단에서부터 밀어올린 힘이 검에 닿았을 때, 검집에서 이어진 검은 선은 도중에 끼어든 몇 명의 견면인을 가볍게 찢어발기며 한순간 보인 광마의 검붉은 장포가 있던 자리에 박혀들었다.

후우웅! 퍼어엉!

"커허어억!"

전력을 다한 일격이었다. 허공에 남은 잔상을 따라 비어버린 공간으로 공기가 들어차고, 또 한 번 소리를 뛰어넘은 검에 의한 폭음이 울려 퍼졌다.

검격의 궤도에 끼어들었던 견면인 넷이 그대로 바닥에 고꾸라졌고, 목표이던 광마는 허리에서 어깨까지 크게 베인 채 무너지듯 쓰러지고 있다.

"얕았나."

불사괴룡공의 회복력을 생각하면 안심하기는 이르지만 그래도 광마를 멈춰 세웠다는 점은 다르지 않았다. 곧장 참격을 이어간다면 끝낼 수도 있었지만 단사천은 다음 공격으로 이어가지 못한 채 얼굴을 찡그리고 있었다.

한 번에 많은 양의 내공을 쏟아낸 탈력감과 묵직하게 울리는 손아귀나 따끔거리는 팔 근육도 문제였지만, 중간부터 부러져 반검(半劍)이 되어버린 빙백검 때문이었다.

명검이라던 무설의 보장답게 몇 번이나 음속의 벽을 부숴 보이며 예기와 내구를 자랑한 검이었지만 조금씩 망가지더니 결국 부러져 버렸다.

이 상태의 검으로는 한 자 정도 거리가 부족했다. 내공으로 검날을 대신한다고 해도 그랬다. 지금 광마가 완전히 베이지 않고 치명상으로 끝난 것도 아슬아슬하게 사정권에 걸쳐 있는 상태에서 검이 부러져 온전히 힘이 전달되지 못한 까닭이었다.

"막아! 놈을 막아!"

"캬아아아아아!"

거리의 문제는 조금 더 다가가면 그만이지만 아직도 공동 안에는 많은 수의 견면인이 남아 있었다. 그것들은 광마의 발 악적인 외침에 광마와 단사천 사이에 몸을 끼워 넣었고, 재차 광마의 모습을 단사천의 시야에서 지워 버렸다.

"괴룡공이……! 크윽! 뭐 하는 거냐! 어서 부축해!"

보통 사람은 죽어도 이상할 것 없는 상처를 입은 채로도 광마는 일어났다. 그리고 부하들에게 몸을 맡기며 생각했다.

단사천의 경공은 지닌 바 무위에 비해 손색이 있었다.

운신이 불편한 자신을 업고 움직여야 하는 수하들에 비해서도 결코 뛰어나지 않은 경공이었다. 그렇다면 영지를 벗어나는 것만으로도 단사천의 추적을 걱정할 필요가 없었다.

광마의 계산은 딱히 틀린 점이 없었지만, 잊고 있는 것이 있었다.

"어딜 가냐, 망할 껌댕아!"

"동홍왕! 언제……?"

바로 단사천의 압도적인 무력에 견면인들의 시선이 집중된 사이 작은 몸집을 이용해 번견대 사이에서 빠져나와 광마의 앞을 막아선 현백기의 존재였다.

"이무기 꼬맹이가 올 때까지 느긋하게 놀아보자고, 껌댕이!"

뒤집힌 상황을 즐기듯 현백기는 너구리의 얼굴로 명백한 조소를 띠었고, 광마의 얼굴에는 고통과 함께 조바심이 떠올랐다.

말이 한마디 한마디 이어질 때마다 등 뒤에서는 섬뜩한 절삭 음과 폭음이 들려왔다. 뒤를 돌아보지 않아도 무슨 일이 벌어지는지 알 수 있는 소리였다. 그리고 그 소리는 조금씩 가까워지고 있었다.

번견대의 견면인들이 얼마나 남았는지는 모르지만 단사천이 이번에는 그의 목에 칼날을 들이밀기까지 그리 오랜 시간이 걸리지 않을 것이라는 건 알 수 있었다.

단사천이 호위들을 베어 넘길 때만 하더라도 아직 여유가 있었다. 임무는 실패하겠지만 번견대가 동굴 바깥에 대기하고 있고 호위도 셋이나 남아 있기에 손해를 감수한다면 몸 하나 빼내는 것은 어렵지 않으리라고 생각했다.

하지만 단사천의 검이 상상을 벗어났다.

'의선문 때나 태산 때는 실력을 숨기고 있던 건가?'

패천방의 무사들에 둘러싸인 무중극을 끌어내기 위해 잡다한 중소 사파들을 끌어들여 머릿수를 늘렸고, 부족한 질은 화탄 같은 물자까지 지원해 끌어올렸다. 그렇게 패천방의 전력을 깎아내고 영지의 위치를 알고 있을 것으로 추정되던 무중극을 최소 전력으로 영지에 몰아넣었다.

모든 것이 예상대로 흘러갔다. 단사천 하나를 제외하면.

변수의 최소화를 위해 정보를 남김없이 긁어모았다. 패천방의 정보는 물론이고 장기 말로 쓸 사파인이나 인근 문파들, 관아의 것도 수집하고 분석했다.

단사천도 빼지 않았다. 의선문, 개봉, 태산 등 벌써 몇 번이나 회의 일을 방해하고 나선 단사천을 빼놓는 일은 있을 수 없었다. 강호 초출이라 그리 많지 않은 정보이기는 했지만 수집한 정보를 분석하고 판단을 내릴 때 충분히 후한 평가를 내렸다고 생각했다.

구파일방의 장로급, 혹은 구패의 대주급이다. 약관의 나이를 생각한다면 있을 수 없는 후한 평가였고, 개중에는 너무

심한 과대평가가 아닌가 하는 의견도 있었지만 정작 뚜껑을 열고 확인한 결과는 과소평가했다.

불사괴룡공과 단사천이 지닌 기운이 상극이라는 변명을 할 수도 있었지만 그것이 아니더라도 단사천의 무력은 이상했다. 불사괴룡공을 제외한다고 해도 광마의 무력은 구파의 장로들을 상대해도 밀리지 않는다. 단순히 괴룡공의 재생력과 방어력만을 믿고 날뛰는 삼류가 아니었다.

그런데도 단사천을 상대로는 아무것도 하지 못했다. 지금까지 쌓아온 수련이 거짓말인 것처럼 부정당했다.

방금 일격도 번견대의 견면인들이 궤도를 비틀지 못했거나 검이 멀쩡했다면 두말할 것 없이 즉사했다. 등골이 시릴 정도이던 그 검을 떠올리자 마음이 급해졌다.

"그냥 지나가!"

현백기의 가벼운 공격 따위, 몸으로 버티고 지나가 버리면 된다. 그렇게 판단하고 앞으로 나아가지만 현백기는 정면에서 막지 않았다.

영물이라고 해도 원종은 너구리. 발톱과 이빨은 인간의 살을 찢을 수 있어도 부술 수는 없었다. 특히나 정면에서 경지에 이른 마인을 막기에는 절대적으로 무게가 부족했다. 그래도 방법이 없는 건 아니었다.

콰직!

"큭!"

광마를 업고 있던 마인의 발 사이로 파고들어 발목을 물어뜯는다. 뼈가 드러날 정도로 깊은 상처, 힘줄이 끊어지면서 광마를 업고 있던 마인의 균형이 무너졌다.

쿵!

"이 너구리가!"

바닥에 내팽개쳐진 광마는 고함치며 현백기를 죽일 듯 노려보았지만 상체가 사선으로 잘려 나간 상황에서 손을 쓸 수는 없었다.

"흥, 설죽은 놈이 말은 많구나!"

광마는 점점 다급해졌다.

곧장 발목 힘줄을 회복시킨 마인의 공격을 피하며 다시 틈을 엿보는 현백기도 거슬리지만 쓰러지는 도중 얼핏 보인 단사천의 모습이 더욱 신경 쓰였다.

방금 전 일격을 허용했을 때와 비슷한 거리, 번견대는 몸을 던져가며 단사천의 앞을 막고 있었지만 거리는 계속 가까워지고 있었다.

머뭇거릴 시간이 없었다. 지금 상태만으로도 괴룡공은 한계이다. 일격을 더 허용한다면 확실히 끝이었다.

"제길, 한 명 더 와!"

지금 현백기를 상대하는 호위를 남겨두고 다른 호위 중 하나를 불러 부축을 받아 움직일 셈이다. 번견대가 무너지기 전에 움직여야 했다.

벌써 열 명 이하로 줄어든 번견대다. 아직 어떻게든 단사천의 앞을 막아서고 있었지만 그것도 곧 끝이 난다. 당장 눈앞에 있는 현백기를 어떻게 하지 않으면 안 된다고 판단했다.

그런데 실책이었다.

"거기냐!"

견면인들이 쓰러지며 만들어진 틈과 광마의 호위가 자리를 벗어나며 생겨난 틈 사이로 흑색 선이 다시 한 번 이어졌다.

키이이잉! 퍼어엉!

날카로운 바람 소리와 폭음이 겹쳤다.

압도적인 속도가 선사하는 폭력은 어중간한 벽 따위는 존재하지도 않는다는 듯 나아갔다. 스치듯 베인 견면인들의 상처가 사나운 충격파에 찢기고 힘을 버텨내지 못한 자들은 비틀려 날려갔다.

광마의 앞을 막아서던 호위는 어느새 자신의 몸을 꿰뚫은 검은 선을 느끼며 무너졌고, 등을 돌린 호위는 몸을 꿰뚫고 나온 흑선을 눈으로 쫓으며 절명했다.

그리고 검은 선은 광마에게 닿았다.

"……!"

비명은 없었다.

목에서 핏물이 차오르고 이내 넘쳐흘렀다.

피를 토하는 것과 함께 괴룡공의 기운이 끊어지기 시작했다. 신체의 중심에서 먼 곳에서부터 불사괴룡공이 묶어두고 있던 선천진기가 흩어지고 동시에 몸이 식어가기 시작했다.

어떻게든 의념을 유지하려 하지만 체내로 파고든 기운이 괴룡공의 기운을 흩어버린다. 광마가 할 수 있는 것은 눈을 크게 뜨고 검은 선 너머에 있는 단사천을 바라보는 것뿐이었다.

*　　　*　　　*

결국 검은 완전히 망가지고 말았다. 지난 몇 개월을 사용하며 익숙해진 검이 아쉽지 않은 것은 아니지만 지금은 그것보다 중요한 일이 있었다.

"뭐야? 안 죽이나?"

바로 죽지 않은 것이 이상한 상처를 입고서도 여전히 살아 있는 광마의 처리였다.

힘겹게 말을 이은 광마의 얼굴은 창백하기 그지없었다. 망가진 심장이 더 이상 피를 전신으로 보낼 수 없는 상황이었다. 그럼에도 죽지 못하고 있는 것은 아직도 끈질기게 남아 있는 괴룡공의 저주나 다름없는 힘 때문이었다.

"걱정하지 않아도 될 거다."

"잠깐 기다려라. 죽이기 전에 한 가지 물어볼 것이 있다."

주인 없는 검을 들어 마무리를 지으려던 단사천을 막아선 건 현백기였다. 단사천은 검을 내리고 기다리겠다는 뜻을 보였지만 현백기가 하려는 행동에는 부정적이었다.

"대답할 거라고 생각하나?"

광인, 그것도 신앙이라는 가장 무거운 것에 미친 자들이다. 죽음과 고문으로도 입을 열 수 있는 종자들이 아니었다. 더욱이 광마처럼 확실히 죽음을 향해 가고 있다면 더더욱 그랬다.

굳어가는 얼굴로 광마는 현백기를 비웃고 있었다.

"안 해. 하지만 그 입으로 들어봐야겠다."

눈을 부릅뜨고 노려보는 현백기와 잠시 눈을 마주치던 광마는 힘이 빠진 듯 눈을 감았다.

"무슨 생각으로 영지에 장난을 치는 거지? 영기는 너희가 쓸 수 있는 기운도 아닐 텐데."

광마로부터 대답은 없었지만 현백기는 잠시 시간을 뒀을 뿐 곧 말을 이어갔다.

"강물에 먹물을 흘려봐야 한순간이다. 독기를 풀든 마기를 쑤셔 넣든 곧 모두 쓸려가지. 너희가 뭘 하고 싶은지는 모르겠지만 의미 없는 짓이다. 그런데 대체 무슨 생각인 거냐?"

현백기에게 있어서 지금 마교도들이 하는 것처럼 영지의 축을 흔들어 그 밑에 잠든 독기나 탁기를 꺼내는 것은 신기할 것도 없었다. 무엇이건 쌓이고 쌓이면 결국 터져 나오게 마련이다. 영기가 막고 있는 기운들이라고 다를 바 없었고, 그 형태가 화산(火山)이건 독지(毒地)건 어떤 식으로든 쌓인 기운은 터진다.

지난 수백 년의 세월 동안 한두 번 봐온 것이 아니다. 인위적으로 잠든 기운을 끄집어내는 것은 처음이지만 오히려 아직 가득 차지도 않은 기운을 끌어올리는 만큼 백수십 년 주기로 터지던 사건들에 비하면 우스울 정도였다. 그렇다고 꺼낸 그 기운들이 인간이 사용할 수 있는 것이냐면 그렇지도 않았다. 영기 이상으로 까다로운 기운들이다. 인간만이 아니라 살아 있는 모든 것을 배척하는 기운, 정제도 축기도 불가능한 것들이었다.

그렇기에 현백기는 단순히 궁금했다. 그야말로 의미 없는 짓에 대한 단순한 궁금증이었다.

그리고 광마가 입을 열었다. 이제는 완전히 핏기가 사라진 얼굴은 입을 움직이는 것도 힘든 것 같았지만 그래도 광마는 웃고 있었다.

"아, 뭐 그렇겠지. 마기와 영기는 상극인데다 우리가 이렇게 해봐야 겨우 백 년 정도 지나 버리면 아무 의미도 없는 짓일 테고."

지금 하고 있는 일이 숯을 강에 씻는 것처럼 의미 없는 어리석은 일이라는 현백기의 지적에 긍정의 뜻을 내비쳤지만 그 속에는 무언가 다른 것이 있었다.

"하지만 말이야, 우리는 백년 천년 살 생각이 없거든."

말은 거기까지였다. 더는 입을 열 생각이 없는 듯 입을 닫고 눈을 감았다. 여전히 현백기는 이해할 수 없다는 눈빛을 하고 있었지만 더 이상 무언가 들을 수 있을 것 같지는 않았다.

"내 용무는 끝났다."

현백기가 한숨을 내쉬고 비켜서자 광마의 얼굴이 드러났는데 창백해진 모습이 마치 시체 같았다. 하지만 이 시체 같은 모습의 마인은 목을 떨어뜨리지 않는 한 죽지 않는 괴물이었다.

퍼억!

피가 모두 빠진 탓인지, 아니면 검이 무뎌진 때문인지 검이 목을 베었을 때 난 소리가 미묘했다. 다만 단사천은 그런 것에 신경 쓰기보다 힘 조절을 해 목을 한구석으로 날렸다. 그럴 리는 없다고 생각하지만 목과 몸을 가까이 놔두면 좋지 않은 일이 생길 것 같은 예감이 들었기 때문이다. 몸과 머리를 따로 떼어놓는 행동은 극형을 받은 죄인들에게나 하는 처벌로 어지간한 경우 있을 수 없는 행위였지만 왠지 그래야만 할 것 같았다.

이내 다른 마인들의 시체에 막혀 멈춘 광마의 머리는 피 한 방울 흘리지 않고 있어 더욱 기괴했다.

목이 떨어지고도 얼마간 계속해서 주시하던 단사천은 이제 더 이상 괴룡공의 기운이 느껴지지 않는 것을 확인하고 나서야 긴장을 풀었다.

"후우우!"

땅이 꺼져라 한숨을 내쉬어도, 검을 떨어뜨려도 뭐라 하는 사람은 없었다.

*　　　*　　　*

"엄청나군."

꽤나 넓은 공동에는 못해도 오십은 넘을 시체가 곳곳에 쓰러져 있었다. 몇 번을 봐도 충격을 숨길 수가 없었다.

지금은 치료받고 있는 무사들의 말을 들어보면 괴물이나 다름없는 자들이었다. 벽에 새겨진 상흔이나 발자국에 따라 부서진 바위를 보고 있으면 그 기량을 짐작할 수 있었다.

그런데 그런 마인들이 단 한 명을 넘어서지 못하고 전부 여기 쓰러져 있다.

"일검일살… 청의검협이라고 했지."

복건성 최대 문파 패천방주의 직속 부대장으로 어디서나

목을 뻣뻣이 들고 다니던 그였지만 이제 갓 스물로 강호 초출의 젊은 청년에게 감탄밖에 내보일 것이 없었다.

"크흠! 자, 어서들 움직여!"

하지만 지금은 해야 할 일이 있었다. 시체를 치우고 입구를 은폐하는 잡일이었지만 영지라는 비밀을 조용히 처리하기 위해서 방주 직속 부대가 움직일 필요가 있었다. 사내는 얼굴에서 감탄을 지우고 고개를 돌려 뒤따라온 수하들에게 명령을 내렸다. 조용하던 공동이 소음으로 가득 차는 것은 금방이었다.

"시체는 한곳으로 모으고 가져온 짚더미나 대충 뿌려놔! 어차피 불붙이고 입구 막을 거니까 대충 해도 돼! 빨리 하고 돌아가자!"

작업 속도가 한층 빨라졌고, 얼마 되지 않아 한쪽에 쌓인 시체 위로 짚더미와 기름이 끼얹어졌다.

"그나저나 사기(死氣)가 지독하구만. 시체들 썩으려면 아직 멀었을 텐데. 다 끝났으면 나가자! 오래 있다간 명줄 짧아지겠다!"

본래라면 생기가 넘쳐흐를 공간이었지만 이제는 이곳의 원래 주인들이던 광충들도 떠나고 가득하던 영기도 사라져 있는 상태였다. 영지의 본래 모습을 아는 사람들이었다면 뭔가 잘못되었다는 걸 깨달았을 테지만 이들은 이곳이 영지라는 것조차 모르고 있었다.

그들에게는 지금 이 모습이 전부였고, 그저 마인들답게 죽고 나서도 사기가 넘쳐난다고 생각했다.

"먼저들 나가서 입구 막을 준비나 하고 있어. 마지막으로 정리하고 나갈 테니까."

정리라고 할 것도 없지만 무설이 몇 번이나 확인하라고 신신당부했기에 어쩔 수 없이 하는 것이다.

적당히 시체 몇 구를 살피고 나가려던 그때 무슨 소린가 들린 것 같았지만 뒤돌아본 곳에는 아무것도 없었다.

"건드려서 쓰러졌나?"

방금 시체를 건드렸으니 쓰러져도 이상할 것이 없었다. 무설은 몇 번이나 조사를 당부했지만 점차 짙어지는 사기에 머리가 아플 지경이었기에 그는 조금이라도 빨리 이곳에서 나가는 쪽을 선택했다.

"나오니 좀 낫네."

동굴을 나서자 환해지는 시야와 함께 머리를 지끈거리게 만들던 사기의 압박도 사라졌다. 마치 태양빛에서 도망치는 그림자처럼 흩어진 사기를 느끼며 그는 질린 눈으로 동굴을 쳐다보곤 햇불을 받아 들고 동굴 밖까지 연결된 도화선에 불을 붙였다.

"비켜. 입구 막을 거나 가지고 와라. 아직 막지는 말고 불이 붙었다 싶으면 그때 막자."

횃불에서 도화선으로 불이 옮겨 붙었다. 기름을 잔뜩 먹인 새끼줄을 타고 불이 달린다. 불은 곧 시체들을 뒤덮은 짚더미에 닿아 맹렬히 기세를 불려나갔다. 공동 안에 있던 고목이 붉은 화염에 삼켜지고 시체들도 그리 오래 지나지 않아 검은 재로 변해갔다.

불꽃은 동굴 안에만 머물러 있지 않고 다른 먹이를 찾아 동굴 밖으로까지 넘실거리기 시작했다.

"자, 이제 막는다! 어이, 위에! 무너뜨려!"

"시작하겠습니다!"

날뛰는 불길과 뿜어져 나오는 검은 연기는 마치 용이 불을 내뿜는 듯 보일 정도로 위협적이었지만 절벽 위에서부터 쏟아져 내려온 토사와 바위들에 간단히 그 입이 틀어 막혔다.

무너진 절벽의 잔해는 입구를 막는 선에 끝나지 않고 꽤 멀리까지 퍼졌지만 오히려 그래서 따로 위장을 할 필요가 없을 정도로 영지를 잘 숨겨주었다.

"음, 잘 됐군. 그럼 다들 돌아간다!"

"예!"

입구가 막히고 얼마 지나지 않아 맹렬한 기세로 언제까지고 타오를 것 같던 불길은 갑작스레 기세를 잃더니 불씨도 남기지 않고 꺼져 버렸다. 그리고 그 자리를 대신한 것은 눈에 보일 듯 가득 차오른 사기였다.

그리고 어느 순간 공동 안을 가득 메우던 사기는 마치 불길이 갑작스레 사라진 것처럼 사라져 버렸다.

불길과 죽음이 휩쓸고 사라진 공간에 살아 있는 것은 없었다. 오로지 타다 남은 재와 아직도 빠져나가지 못한 연기가 어둠에 섞여 동굴을 가득 채우고 있었다.

十. 서신

영지에서 돌아온 단사천은 꽤나 오랫동안 방 안에서 나오지 않았다.

　몸을 움직이지도 못할 정도로 내상이 심각하다는 소문이 돌 정도로 제한적인 움직임을 보여주고 있었다.

　완전히 맞지는 않지만 그 소문은 어느 정도는 사실이었다.

　영기를 받아들이고 조정도 없이 내공을 사용한 탓에 기운 간의 균형이 크게 어긋난 상태였다. 다시 균형을 바로잡기 위해서는 태산에서처럼 한두 시진 가지고는 어림도 없었다. 하지만 내기(內氣)의 균형은 시간만 있으면 충분히 조정 가능한 문제로 결코 거동이 불편한 상태는 아니었다.

오히려 영지에서 받아들인 목기(木氣)에서 비롯된 활기 때문에 신체는 더 없이 건강한 상태였다. 두문불출하며 방 안에 틀어박혀 있는 것은 어디까지나 본인의 의지였다.

"단 공자, 이렇게 방 안에만 있으면 지겹지 않아요?"

오늘도 단사천이 누워 있는 침상 옆을 지키는 무설이었다. 주변에서는 '드디어 우리 아가씨에게도 봄이 왔다'라든가, '그럼 의선문 아가씨랑 한 남자를 놓고? 어머어머' 같은 이야기가 패천방의 우락부락한 사내들 사이에서 알게 모르게 퍼지고 있었지만 정작 그 당사자인 무설은 질린 눈빛으로 단사천을 바라보고 있었다.

"전혀요. 늘 새롭습니다."

변하는 것이라고는 먼지 쌓이는 것밖에 없을 방구석에 뭐가 있다고 그러는지 알 수 없었지만, 어떻게 봐도 정말 진심으로 하는 말이라는 것을 알 수 있었기에 무설의 한숨은 멈출 줄을 몰랐다. 왜 그러는지 이유는 알고 있지만 아무리 그래도 상상 이상이었다.

"벌써 보름이에요. 이제 좀 바깥에도 나가보는 게 어때요?"

습격 이후 보름이다. 무려 보름 동안 바깥으로 나온 것은 화장실을 가는 일을 제외하면 첫날 단 한 번뿐이었다. 그리고 그 한 번 이후로는 방에서 나오지 않았다.

"싫습니다."

"계속 방 안에만 있으면 건강이 나빠진다고 서 소저도 그랬잖아요."

대(對)단사천용의 전가의 보도, 건강과 의원의 권고를 꺼내들자 단사천은 심각하게 고민하기 시작했지만 이번에도 실패했다.

눈을 찌푸리고 꽤 오래 고민하기는 했지만 결국 단사천은 고개를 저었다.

"좀 나가요! 그때 구해준 사람들이 인사하고 싶다고 매일 찾아오는 데다가 잔치도 준비하는데 대체 주인공이 안 나오면 어떻게 해요!"

무설도 단사천이 정말로 아픈 것이라면 아무 말도 하지 않겠지만 실상은 그렇지 않다는 걸 알고 있는 두 사람과 한 마리 중 하나였기에 매일 단사천을 밖으로 끄집어내기 위해 이런 말싸움을 하고 있었다.

하지만 지금까지의 결과가 보여주듯 싸움의 승자는 늘 정해져 있었다.

"그러면 소저께서 소저의 아버님이나 다른 사람들을 좀 막아주실 수 있겠습니까?"

"……"

그게 눈을 돌리고 입을 다물 수밖에 없는 이유였다.

영지에서 돌아온 다음 날까지만 해도 단사천은 딱히 방 안에 누워 있기만 할 생각은 없었다.

신체에 문제가 있는 것도 아닌 이상 수련을 빼먹고 쉴 생각은 없었다.

서이령도 신체 가득한 활기를 소모하기 위해 어느 정도 운동을 할 것을 권했고, 또다시 미묘하게 어긋난 균형도 맞춰볼 필요가 있었다.

그래서 단사천은 언제나처럼 이른 아침 방에서 나와 후원에서 가벼운 수련을 시작했고, 그게 문제의 시작이었다.

수련을 시작하고 얼마 지나지 않았을 때 단사천은 병상에서 도망쳐 나온 무중극을 만났다.

더 정확히는 단사천을 만나기 위해 병상에서 도망친 것이지만 그런 것까지 단사천이 알 수는 없었다.

거기서 무중극은 단사천에게 감사의 인사를 전하며 몇 번이고 고개를 숙이고 무릎까지 꿇으려 했지만 소동은 아침 시간 잠깐이었을 뿐, 무중극은 뒤를 쫓아온 의원과 호위들에 의해 반쯤 연행되듯 병상으로 끌려간 덕에 수련에 더 이상의 방해는 없었다.

문제는 그날 저녁이었다. 가벼운 식사 후 소화를 겸해 하루를 마무리하는 수련을 할 때 다시 무중극이 찾아왔다.

이번에는 아침과 달리 웃고 있으면서도 화를 내고 있는 기묘한 상태였다.

"별건 아니고… 그냥 비무, 그래, 비무를 하고 싶을 뿐이야. 병상에서 일어났더니 몸이 좀 굳은 것 같아서 말이야. 결코 생명의 은인인 자네를 패고 싶다거나 그런 건 아니니까 오해는 말고 좀 어울려 보세."

거절할 수 없는 박력에 단사천은 무중극과 검을 섞어야 했다.

그리고 그날 밤 이후로 단사천은 더 이상 방 안에서 나오지 않았다.

'단 공자님이랑 아가씨, 잘 어울리시지 않아?' 하는 하녀들의 이야기에서 시작된, 별것 아닌 사건이었다.

"아니, 비무잖아요? 조금 다치는 정도는……."

"크건 작건 부상은 부상입니다. 게다가 보통 비무는 그렇게 전력으로 상대를 죽일 듯 싸우지 않는 거라고 배웠습니다."

단호히 말하던 단사천은 말하다 다시 그날의 무중극을 떠올린 듯 다시 이불을 뒤집어썼다. 무설이 할 수 있는 건 그 옆에서 한숨을 내쉬는 것이 전부였다.

드르륵.

"뭣들 하냐?"

"단 공자님, 서신이 왔습니다."

어색하게 내려앉은 정적을 깬 것은 문을 열고 들어온 현백기와 서이령이었다. 더위를 이기지 못한 현백기를 위해 잠시 찬물을 받으러 다녀오는 길이었다.

"이무기 꼬맹이, 빨리 균형 좀 맞춰라. 더워서 못살겠다."

"제가 왜 이무기입니까?"

"흥, 아직 여의주도 못 만든 반편이가 이무기지 뭐냐?"

"하아, 그런데 웬 서신입니까?"

냉수가 담긴 가죽 부대를 끼고 있는 현백기를 외면하고 서이령에게서 서신을 건네받았다.

"점창파에서 왔다고 하는 것 같은데 사문의 일일지도 몰라서 읽어보지는 않았습니다."

"예?"

그제야 단사천의 뇌리에 스치는 것이 있었다.

본래라면 개봉에서 점창파 일행과 헤어진 다음에는 의선문에서 약 기운을 흡수하는 기공을 하나 배우고 의선문에서 점창으로 가는 일행에 섞여 다시 점창으로 돌아가는 일정이었다는 사실과 의선문에서 태산으로 온 이후 스승에게 편지 한통 보낸 적이 없다는 사실이다.

"잊고 있었네."

한숨을 내쉬며 서신의 봉인을 뜯고 종이를 펼쳤다. 거기에는 예상한 대로 잔소리가 가득 쓰여 있다거나 하지는 않았다.

오히려 그 반대로 단 한 줄 글귀가 서신의 전부였다.

화산에서 보자 ―무양

'이런, 화나셨나?'

십 년을 같이 지냈다. 강산조차 한 번은 바뀌어 버릴 정도
로 긴 세월이고 사람에게는 그보다도 더 큰 의미를 지닌 시간
이다.

십 년간 무양자와 같이 생활하며 쌓은 경험이 있기에 한 줄
글귀로도 그 안에 담긴 것을 읽어낼 수 있었다.

"단 공자?"

무설의 목소리에 고개를 드니 걱정스러운 눈빛으로 그를
바라보고 있다. 무설만이 아니라 서이령도 그랬고 바닥을 굴
러다니던 현백기도 그를 바라보고 있다.

"별일 아닙니다. 사부님으로부터 서신이 왔는데 좀 화나신
것 같아서요."

"그럼 다행이지만……. 어디 안 좋으면 바로 말해요."

언제부터인가 무설의 태도가 부드러워지고 있었다. 처음과
비교하면 확연히 차이가 날 정도지만 지난 몇 개월에 걸쳐 조
금씩 변해오고 있었기에 단사천은 무설의 변화를 아직 깨닫

지 못하고 있었다.

"제가 어디 아플 때 숨기고 있는 것 봤습니까?"

"그건 그러네요."

단사천은 진지했지만 무설은 픽 웃어버리고 말았다. 확실히 단사천이 상처를 숨기고 무리를 하는 모습은 상상이 되지 않았다.

아무리 작은 상처라도 확실히 치료하지 않으면 안 되는 건강 강박증을 지닌 남자에게 그런 걱정은 할 필요가 없었다.

"그런데 왕야, 화산에도 영지가 있다고 하신 것 같은데 거기가 그렇게 위험합니까?"

가죽 포대의 시원함을 만끽하던 현백기는 화산이라는 말에 귀를 쫑긋하며 아니꼬운 눈빛으로 단사천을 쏘아봤다.

"그래, 위험하지. 여의주도 없이 가봐야 목만 날아갈걸? 그런데 왜? 가고 싶어졌냐?"

현백기는 단사천의 무력을 높이 평가했다. 단사천만이 아니라 인간들의 무력 수준은 어지간한 영물들의 그것을 뛰어넘는다는 걸 현백기는 잘 알고 있었다. 설령 개개인의 실력이 모자라도 숫자와 장비로 그걸 만회할 수 있는 인간은 분명 생태계의 정점에 설 만했다.

그렇지만 화산에 있는 그것은 차원이 다른 것이었다. 아무리 그가 단사천을 높이 평가한다지만 그것과 단사천 사이에 있는 간극은 어지간해서 메워지지 않을 것이다.

"가고 싶다기보다는 가야 돼서 그렇습니다. 할 수 있다면 가는 김에 화산에 있다는 영지에도 들러볼까 싶지만… 그렇게까지 말하신다면 포기하고 다른 곳을 노려야겠군요."

평범한 무인이 단사천 정도의 실력을 지녔다면 자만하기 쉽다. 또래는 물론이고 그 윗줄에서도 적수를 찾기 힘들 정도의 무공, 마인들을 상대로 선보인 실적에 별호까지. 자만하지 않는 게 이상한 수준이다. 다른 사람이었다면 현백기가 그렇게 말하는 화산의 괴물에 대해 오히려 더 알고 싶어 할 테지만 단사천은 달랐다.

향상심은 있지만 쓸데없는 호승심과 호기심 따위는 없었다. 위험하다 싶으면 언제라도 포기할 수 있는 것이 단사천이었다. 이렇게나 경고를 하는데 호기심을 채우겠다고 위험을 감수할 생각 따위는 눈곱만큼도 없었다.

"그럼 다음 목적지는 화산이냐?"

"예. 아무래도 그렇게 될 것 같습니다."

"그럼 언제쯤 출발할까요?"

"준비도 하고 인사도 해야 하니 빨라도 삼사 일은 준비하고……."

서이령은 그렇다 쳐도 왜 무설까지 화산으로 가는 길에 동행할 생각인지 알 수 없는 단사천이었지만 그보다 중요한 것이 하나 있었다.

"최대한 큰 표국을 고용합시다."

단사천은 단호했다.

*　　　　*　　　　*

복건 최대의 표국이라 불리는 철마표국의 국주 장도명은 눈앞에 찾아온 고객에게 절을 하고 싶었다.

"그렇군요. 가용 인원은 표사 스물세 명에 쟁자수 예순한 명, 마차랑 수레는 최대한 빌리겠습니다. 물자는 알아서 적재해 주세요. 그런데 다른 표국도 소개해 주실 수 있겠습니까? 아무래도 이 숫자로는 부족해서요."

한창 마교도가 기승을 부린다는 소문에 정기적으로 이용하는 상단 몇 곳을 빼면 일이 없어 표사들을 놀리고 있던 그에게 재신이 찾아왔다.

처음에는 웬 기생오라비처럼 생긴 젊은 놈이 여자를 둘이나 끼고 왔기에 아니꼬운 마음도 있었지만, 장정 두 사람이 들어야 할 정도로 크고 무거운 상자 하나가 그 마음을 단 몇 초만에 뒤바꿔 놓았다.

"물론입니다. 직접 가실 필요도 없이 필요한 인원수만 말해 주시면 제가 움직이겠습니다."

탁자 위에 올라와 있는 상자에는 빈틈없이 은자가 빼곡하게 쌓여 있었는데 하나같이 맑은 빛을 토하는 것이 순도도 의심할 여지가 없는 물건이었다.

이 상자 하나만으로도 표국의 몇 년 치 수입에 맞먹을 정도였지만 사내가 보여준 것은 그게 끝이 아니었다.

얼핏 보인 품속의 황금 덩어리도 이 은자 더미와 비슷한 가치가 있었다. 그야말로 재신이었다.

"개인적으로는 삼백 명 정도 생각하고 있습니다."

"어이쿠, 삼백 명씩이나 말씀이십니까?"

입이 떡 벌어지는 숫자이기는 했지만 당장 눈앞에 있는 은자를 생각하면 할 수 없다고 말할 용기가 나질 않았다. 그때 사내가 다시 동아줄을 던졌다.

"인원을 채울 수 없을 것 같으시면 낭인도 괜찮습니다. 적당히 믿을 만하고 실력 있는 자들을 추천해 주시면 그쪽도 고용하겠습니다."

"하하하! 그 정도면 가능합니다!"

"그럼 국주님께 믿고 맡기겠습니다. 여기 이 은자는 선금으로 놔두고 갈 테니 잘 부탁드립니다."

"살펴 가십시오!"

장도명은 이제껏 보여준 적 없는 큰 목소리와 반듯한 각을 보여줬다.

"단 공자, 표국에 의뢰하기보다는 그냥 아버님께 말씀드려서 방의 무사들을 데리고 가는 편이 좋지 않겠어요? 다들 이류 수준에 머릿수만 채울 어중이떠중이들인데."

오랜만에 방을 나선 단사천의 뒤를 따라온 무설은 그 행선지가 표국이라는 점에 매우 못마땅해하며 불만을 늘어놓았다.

"하지만 지금은 뒷정리 때문에 인원을 뺄 수 없는 상황이지 않습니까. 개인적으로는 이쪽이 최선이라고 생각합니다. 게다가 실력이 이류라고는 해도 호위와 표행이 본직인 사람들입니다. 그 정도는 문제없을 거라고 봅니다."

정론이었다. 습격과 관련된 자들을 찾아내고 피해를 복구하며 패천방의 위엄이 흔들리자 슬금슬금 솟아나려는 흑도들에 대한 견제 등 사람이 필요한 곳이 많았다.

그런 와중에 화산으로 가는 동안 호위를 요청하는 것은 무리한 요구이리라.

단사천이 그렇게까지 말하자 무설이 더 이상 할 말이 없었다. 거기다 표사들을 고용하는 비용은 전부 단사천의 주머니에서 나왔다.

더 정확히는 단사천이 아버지의 이름을 팔아서 근처 관료에게서 돈을 빌려 낸 것이기는 하지만 어쨌든 그녀의 돈은 한

푼도 들어가지 않았다. 참견은 이 정도 선에서 끝이었다.

"어? 저기 뭔가 있나 본데 한번 가봐요."

할 말이 궁해진 무설은 시선을 돌리다 사람들이 모인 저잣거리 한곳으로 서이령과 단사천을 이끌었다.

거기에는 떠돌이 약장수가 차력사를 앞에 놓고 차력을 선보이고 있었다.

"자! 이 철심환만 먹으면! 몸이! 아주! 그냥! 빡! 쎄져! 여기 이 친구가 철심환을 하루 하나씩 먹으면서 자랐는데, 보소! 이 멧돼지도 한 방에 보낼 것 같은 팔을!"

약장수의 말에 맞춰 돌을 쪼개고, 나무를 부수고, 잡철로 대충 만든 쇠막대를 구부렸다 펴기를 반복했다.

그에 따라 사람들의 환호가 올라가고, 어린아이 하나가 사람들 사이를 돌며 '닷 냥! 닷 냥! 지금이면 열 알에 닷 냥!'이라며 솜씨 좋게 호객 행위를 했다.

"자, 닷 냥이오, 닷 냥! 오늘이 가면 다시는 못 사는 철심환! 총명환이 열 개에 닷 냥! 자, 어서 사세요!"

이윽고 어린아이는 단사천 일행의 앞에도 왔지만 아무도 반응하지 않자 콧방귀를 뀌고는 바로 옆으로 옮겨가 노인들을 공략하기 시작했다.

아이가 자리를 비키자 무설과 서이령이 신기한 눈으로 단사천을 바라보고 있다.

"왜 그러십니까?"

"아예 관심도 없네요?"

"단 공자님이라면 분명 백 일분 정도는 사지 않을까 생각했습니다."

두 여인이 지금까지 봐온 단사천이라는 남자는 동년배라기보다는 몸에 좋다면 뭐든 먹는 중년인에 가까웠다.

당연히 이런 의심스러운 약이라도 일단은 사지 않을까 생각했지만 의외로 그런 정도는 아닌 듯했다.

"왜 삽니까, 저런 불량약품을?"

단사천은 그런 두 여인의 대답에 못마땅한 표정을 지어 보이며 답했다.

"저런 거 다 사깁니다. 옛날에 싹 먹어봤는데 제대로 된 건 하나도 없었습니다. 평범한 소화제 같은 거나 팔면 양반이고, 이상한 잡초를 쪄서 뭉쳐 놓거나 약초 찌꺼기로 만든 게 보통입니다. 먹을 게 못 됩니다."

자랑스럽게 말하는 단사천을 보며 두 여인은 다시금 안타까운 표정을 지어야 했다.

'대체 내가 왜……'

'이런 사람을……'

그렇게 속으로 한숨을 쉬다 상대도 비슷한 생각을 한 걸 파악한 그녀들은 웃음을 참지 못했다.

"아하하하!"

"후후후!"

웃음의 빌미를 제공한 단사천은 고개만 갸웃거릴 뿐이었다.

*　　　　　*　　　　　*

공동을 가득 메운 영기는 사라졌고, 그다음 자리를 차지한 불길과 열기도 사라졌다.

영기에 짓눌려 지저에서 쌓여가던 사기가 뒤를 이어 공동을 가득 채웠지만 그것도 곧 무언가에 이끌리듯 사라졌다.

남은 것이라고는 검은 재가 전부인 곳.

오로지 어둠으로 가득한 정적과 부동의 세계 속에서 검은 것이 움직였다.

파삭!

그것은 다 타버린 재처럼 가볍게 부서지고 또 부서졌다.

아주 조금 움직일 뿐인데도 너무나 간단하게 부서졌다. 스스로의 힘을 이기지 못해 부서지고 주변의 또 다른 잿더미와 부딪쳐 부서졌다.

그럼에도 그것은 멈추지 않았다. 계속해서 깨지고 또 깨지며 그것은 바람이 불어오는 방향으로 움직였다.

이윽고 무너진 토사 사이로 불어오는 바람을 앞두고 그것은 무디고 연약하기 그지없는 검은 손으로 흙더미를 파헤치기 시작했다. 하루 이틀로는 해치울 수 있는 양이 아니었지만 그것은 쉬지 않고 흙더미를 파헤쳤고, 마침내 바깥으로 나올 수 있었다. 어두운 밤하늘 아래에서 그것은 무언가를 찾고 있었다.

그러다 어느 곳을 바라본 그것은 부서지는 다리를 움직여 계속해서 걸어 나갔다.

파삭! 파사삭!

숲을 걷는 그것의 발자국을 따라 죽음이 퍼진다. 짓밟힌 꽃이 썩어 죽고 잠시 짚은 나무는 생기를 빼앗겨 고목이 되었다. 그리고 그만큼 그것은 더 빨라졌다. 더 강해졌다.

마치 생명 그 자체를 빼앗는 것 같은 모습이었지만 그 정도로는 그것이 부서지는 몸을 지탱하기에도 부족했다. 그래도 그것은 멈추지 않았다.

떠오른 달이 머리 위까지 왔을 무렵에야 그것은 멈춰 섰다.

그것이 멈춰 선 곳은 만들어진 지 겨우 하루 정도 되었을 것 같은 무덤이었다.

풀도 자라지 않았고 땅은 붉은 기를 그대로 드러내고 있다. 그리고 무엇보다 그 흙은 그것이 파헤칠 수 있을 만큼 부드러웠다.

파삭!

몸이 부서지는 것을 개의치 않고 파헤친다. 공동에서 나올 때보다도 빠른 속도로 그것은 땅을 파헤쳐 마침내 목적한 것을 찾아냈다.

수의로 감싸진 한 남성의 시체.

썩기 시작한 시체에는 벌레가 이미 자리를 잡고 있었지만 그것에게는 의미가 없었다.

우드득!

그것이 식사를 끝마친 것은 한 시진이 더 지나 달이 산 끄트머리에 걸려 있을 무렵이 되어서였다.

파헤쳐진 무덤에 남은 것은 핏물과 뼈, 그리고 찢겨진 수의가 전부였다.

파삭!

식사를 마치고 얼마 지나지 않아 그것의 팔이 부서졌다.

팔을 시작으로 전신이 깨져 나가기 시작했는데 검은 재가 떨어져 나간 자리에서 하얀 피부가 보였다. 그것을 시작으로 마치 빗물에 쓸려나가듯 모든 재를 털어낸 그것은 사람의 모습을 하고 있었다.

다만 인간의 모습을 하고 있을 뿐, 피가 흐르지 않는 듯 창백하기 그지없는 피부는 인간이라고 볼 수 없을 정도로 새하얗고 기괴했다.

피부만이 전부가 아니었다. 자세히 살핀다면 그것의 전신은 온통 기괴함으로 가득했다.

뼈에 가죽만을 입힌 듯 매우 야위었으며 흰 부분을 찾을 수 없는 검은 눈동자, 피부를 뚫을 듯 두드러진 핏줄, 푸르스름한 손톱, 보랏빛 입술 등은 사람이라기보다는 시체에 가까웠지만 그것은 분명 움직이고 있었다.

"크흐, 흐흐, 설마 성공할 줄이야."

마치 쇠를 긁는 것 같은 목소리에는 듣는 사람을 기겁하게 만들 정도로 살의가 담겨 있었다.

"당장이라도 찾아가 돌려주고 싶다만……."

한곳을 바라보며 질식할 것 같은 살기를 뿜어내던 그것은 곧 살기를 지우고 숨을 고르며 담담히 입을 움직였다.

"아직은 아니야."

새하얀 이빨이 드러난다. 웃음 짓는 것 같은 느낌이 들지만 정상적인 감성을 지닌 사람이 봤다면 마치 맹수가 음식을 앞두고 이빨을 드러내는 것 같다고 느꼈을 모습이다.

『보신제일주의』 3권에 계속…

초대형 24시 만화방

신간 100%, 샤워실, 흡연실, 수면실(침대석), 커플석, 세탁기 완비

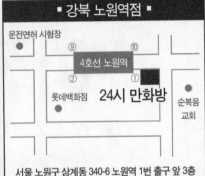
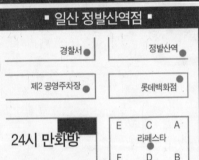

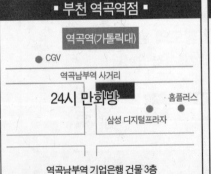
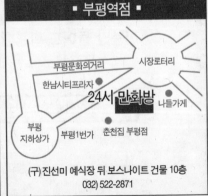

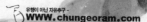

허담 新무협 판타지 소설
FANTASTIC ORIENTAL HEROES

十중星 십자성 전왕의 검

신력을 타고났으나 그것은 축복이 아닌 저주였다.

『십자성 - 전왕의 검』

남과 다르기에 계속된 도망자의 삶.
거듭된 도망의 끝은 북방 이민족의 땅이었다.
야만자의 땅에서 적풍은 마침내 검을 드는데……!

"다시는 숨어 살지 않겠다!"

쫓기지 않고 군림하리라!
절대마지 십자성을 거느린
적풍의 압도적인 무림행이 시작된다!

Book Publishing CHUNGEORAM

유행이 아닌 자유추구 -
WWW.chungeoram.com

이계진입 리로디드

임경배 퓨전 판타지 소설
FUSION FANTASTIC STORY

『권왕전생』임경배의 2015년 신작!

『이계진입 리로디드』

**왕의 심장이 불타 사라질 때,
현세의 운명을 초월한 존재가 이 땅에 강림하리라!**

폭군으로부터 이세계를 구원한 지구인 소년 성시한.
부와 명예, 아름다운 연인…
해피엔딩으로 이야기는 끝인 줄 알았건만
그 대가는 지구로의 무참한 추방이었다.
그리고 10년 후……

"내가 돌아왔다! 이 개자식들아!"

한 번 세상을 구한 영웅의 이계 '재' 진입 이야기!

Book Publishing CHUNGEORAM

유행이 아닌 자유추구 -
WWW. chungeoram.com

paráclito

빠라끌리또

FUSION FANTASTIC STORY

가프 장편 소설

막장 비리 검사가
최고의 검사로 거듭나기까지!
그에겐 비밀스러운 친구가 있었다.

『빠라끌리또』

운명의 동반자가 된 '빠라끌리또'가 던진 한마디.

—밍글라바(안녕하세요)!

그 한마디는 막장 비리 검사, 송승우의
모든 것을 통째로 리뉴얼시켜 버렸다.

빠라끌리또=Helper, 협력자, 성령.